AF346190

SACRÉES MÉMÉS

Nous sommes au XXIe siècle après que Jésus crie dans le désert. Toute la littérature est occupée. Toute ? Non ! Un Goupil résiste encore et toujours à l'envahisseur. Et la vie n'est pas facile pour les garnisons d'auteurs des maisons d'édition de Hachettum, Gallimarum, Grassetum et Albinmichelum qui doivent se défendre face à des feel good polars qui dérident le grand zygomatique.

Sacrées mémés - Enquête numéro 00.

L'ahurissante rencontre du commissaire Goupil et de l'inspecteur Gédéon. Une histoire de poubelles dégradées se transforme en massacre à la sulfateuse.

Un duo de bras cassés affronte des mamys qui n'ont pas froid aux charentaises, avec arthrose funeste et matraquage à coups de mamelles.

20 000 balles pour mourir - Enquête numéro 01.

Habituellement, un tueur tue. Point. Parfois, certains torturent, d'accord. Mais un assassin qui met des biftons dans les poches de ses victimes, c'est chelou, pas vrai ?

Lâchez les chiens ! Goupil et Gédéon foncent dans le tas pour dénouer cette affaire. Ça renifle le pourri, ils adorent.

Arrête ton cinoche ! - Enquête numéro 02

Comment ?! Un maitre chanteur veut empêcher la plus star des actrices de tourner son prochain film ?

Nom d'un cassoulet glacé ! Il ne sera pas dit que l'intrépide Goupil et le dévastateur Gédéon resteront les deux panards dans le même cageot.

Sus à l'ennemi ! Gare au sang écarlate sur le tapis rouge. Remonte tes bretelles et tes chaussettes à clous, mon Lapinou, ça va secouer dans le septième art.

SACRÉES MÉMÉS

Nous sommes au XXIe siècle après que Jésus crie dans le désert. Toute la littérature est occupée. Toute ? Non ! Un Goupil résiste encore et toujours à l'envahisseur. Et la vie n'est pas facile pour les garnisons d'auteurs des maisons d'édition de Hachettum, Gallimarum, Grassetum et Albinmichelum qui doivent se défendre face à des feel good polars qui dérident le grand zygomatique.

Sacrées mémés - Enquête numéro 00.
L'ahurissante rencontre du commissaire Goupil et de l'inspecteur Gédéon. Une histoire de poubelles dégradées se transforme en massacre à la sulfateuse.
Un duo de bras cassés affronte des mamys qui n'ont pas froid aux charentaises, avec arthrose funeste et matraquage à coups de mamelles.

20 000 balles pour mourir - Enquête numéro 01.
Habituellement, un tueur tue. Point. Parfois, certains torturent, d'accord. Mais un assassin qui met des biftons dans les poches de ses victimes, c'est chelou, pas vrai ?
Lâchez les chiens ! Goupil et Gédéon foncent dans le tas pour dénouer cette affaire. Ça renifle le pourri, ils adorent.

Arrête ton cinoche ! - Enquête numéro 02
Comment ?! Un maitre chanteur veut empêcher la plus star des actrices de tourner son prochain film ?
Nom d'un cassoulet glacé ! Il ne sera pas dit que l'intrépide Goupil et le dévastateur Gédéon resteront les deux panards dans le même cageot.
Sus à l'ennemi ! Gare au sang écarlate sur le tapis rouge. Remonte tes bretelles et tes chaussettes à clous, mon Lapinou, ça va secouer dans le septième art.

GOUPIL

SACRÉES MÉMÉS

FEEL GOOD POLAR

Hormis le chien, inspiré d'un toutou croisé dans la rue un soir de printemps, toute ressemblance avec des faits réels ou des personnes existantes est totalement impossible. Si vous croyez être l'un des personnages, merci de m'envoyer une photo de face, de profil, de dessus et de dessous, afin que je vérifie si c'est vous qui pédalez dans la semoule ou si c'est moi qui vous ai reconnu sans vous connaitre.

Retrouvez mon actu sur

JACKY GOUPIL AIME RACONTER DES HISTOIRES

Site : https://jackygoupil.wixsite.com/jackygoupil

Facebook : https://www.facebook.com/Jacky-Goupil-aime-raconter-des-histoires-107143184712934

Instagram : https://www.instagram.com/goupiljacky

Youtube :
https://www.youtube.com/channel/UCPFu8y6mLJn9ULNYOYNqFfg

Pour me contacter : goupil.auteur@orange.fr

© 2021 Jacky Goupil
ISBN 978-2-9561769-5-4

Le Code de la propriété intellectuelle interdit les copies ou reproductions destinées à une utilisation collective. Aucune partie de ce livre ne peut être reproduite par quelque procédé que ce soit, sans l'autorisation écrite de l'auteur ou de ses ayants droit. Toute reproduction est illicite et constitue une contrefaçon sanctionnée par les articles L335-2 et suivants du Code de la propriété intellectuelle.

- 0 -

TIENS-LE-TOI POUR DIT !

Il faut que tu saches un truc : chez moi, on copine dès les premières lignes. Je ne vais pas te servir du « ma p'tite dame » ou du « mon p'tit monsieur ». Je ne vais pas non plus te cirer les grolles avec du vouvoiement en tube. La vaseline, ce n'est pas mon style. Je te fournis ma prose à sec, si tu me permets l'expression.

Si la familiarité te dérange, tu fermes le book et tu vas lire Honoré, Victor ou La Comtesse, en buvant une tisane de romarin ou en sucrant des fraises Gariguette.

Info pour les incultes (pas toi, bien sûr, mais ton collègue de burlingue qui, entre nous, n'a pas inventé la chaussette à trous) : Honoré (de Balzac), Victor (Hugo) et la Comtesse (de Ségur), ce sont des écrivains. Tu peux les lire sans crainte, aucun risque de te faire tutoyer, rudoyer ou emmerdoyer. Tu ne rigoleras pas à toutes les pages, mais c'est du velours pour l'estomac littéraire.

Ichi, pas de chichis. Le menu proposé par mézigue, c'est à la bonne franquette lexicale. Je te Lapinou, je te Lapinette et je te caresse le poil à tu et à toi. On est potes et potesses. Comme deux fesses dans un pantalon, disent les Néerlandais. Autre chose : que j'écrive Lapinou ou Lapinette, ce n'est pas genré. L'un comme l'autre s'applique autant à l'homme dans sa féminité qu'à la femme dans sa virilité. Pas de détail, c'est aux deux que je m'adresse.

Maintenant que les choses sont claires, tu peux commencer la lecture. Tu tournes la page et c'est parti.

Sacrées Mémés

GÉDÉON PREMIÈRE !

S i on m'avait dit, en cette douillette matinée, qu'un tordu m'arracherait les doigts de pied quelques heures plus tard, je ne l'aurais pas cru.

Et pourtant…

Mais n'anticipons pas.

Pour l'instant, il est trop tôt moins le quart, ma nuit s'achève de la plus appréciable manière. Dans le plumard dort la petite Manou, une adorable jeune femme qui me fait l'honneur de partager ma couche de temps en temps. Elle vient les jours sombres ou les jours radieux, les jours de fête ou les jours vague à l'âme, les jours pourquoi pas ou les jours bien entendu, les jours où elle s'ennuie ou les jours où je m'ennuie, les jours vite fait ou les jours toute la nuit. En fait, elle passe quand elle en a envie et ça me va bien.

J'ai fait sa connaissance il y a quelques années à la terrasse d'un troquet. Je réveillais mes neurones avec un café noir bien serré avant de poser mon quarante-deux fillette sur la moquette du 36. Elle sirotait un thé au jasmin en lisant l'actu sur son téléphone.

Je l'ai regardée, elle l'a flairé. Je lui ai souri, elle a apprécié. Je l'ai invitée à consulter mon C.V., elle m'a exposé le sien. Ce fut simple comme bonjour bonsoir, pas de quoi écrire une romance en douze épisodes.

Manou est une grande jeune femme blonde, aux yeux marron et au visage épanoui. Elle ressemble à Virginie Efira, ce qui est idéal pour me plaire. Donc elle m'a plu. Rectification : c'est l'éblouissante Virginie qui lui ressemble, vu que ma chérie est plus âgée de trois mois, elle détient l'antériorité de cette beauté.

Avec Manou, on a passé (encore) une chouette nuit symphonique durant laquelle je lui ai interprété l'intégralité de mon répertoire à quatre jambes. Notamment une longue suite nocturne à poil laineux qui aurait fait pâlir de jalousie les pensionnaires de Madame Claude. Pour sa part, elle m'a démontré qu'elle était la reine de la trompette frisée en m'interprétant un solo en rut majeur que je ne suis pas près d'oublier.

J'envisageais d'immortaliser la scène en vidéo et de la publier sur YouTube. Seulement, Beyoncé m'a dit : « Déconne pas, mon Staninounet[1], si tu postes ton chef-d'œuvre, tu feras exploser les compteurs de vues et ma maison de disques fera la tronche ».

---

[1] Staninounet, c'est l'affectueux sobriquet de Stan, diminutif de Stanislas, diminutif de rien du tout puisque c'est mon petit nom de baptême offert par ma maman lorsqu'à 14 h 50 j'ai poussé mon premier cri.

Vu que Beyoncé et moi on est comme cul et chemise (c'est moi qui joue le rôle de la chemise), j'ai respecté ses désidératatas. Jay-Z, son époux légitime à l'heure où je rédige ces lignes (si elle divorce, ajoute un coup de blanco) ayant des désidératontons similaires, je n'ai pas filmé. Tant pis pour toi, mon Lapinou.

J'emporte mon anatomie jusqu'à la salle de bains. Je vais prendre une douche, me laver les quenottes et vider ma vessie des reliquats champenois de la veille. Tout d'un bloc en sifflotant *La danse des canards* en sol mineur (j'adore la grande musique).

Je pourrais également téléphoner à ma maman, remplir une grille de mots croisés de quatre cents cases et régler le problème de la famine en Ouganda, puisque j'ai la capacité de mener jusqu'à sept activités simultanées. Je me suis abstenu.

Une odeur de kawa première pression à froid vient cajoler mes parois nasales. Soit la cafetière s'est servie elle-même une dosette pour préparer mon petit-déj', soit ma Manou minoute s'est levée pour le mitonner. Comme je suis loin d'être un imbécile, je penche pour la seconde hypothèse.

Bingo ! Quelle intelligence ! La mignonne me rejoint en compagnie d'une tasse fumante et de sa nudité totale.

— Attention, le café est brûlant, prévient la chérie.

— Moi aussi, réponds-je en contemplant ce corps croustillant comme un pain au chocolat sortant du four.

Je caresse son sourire espiègle, me repais de ses yeux pétillants, scrute ses épaules sculptées, m'égare sur sa poitrine, m'enfouis dans son nombril joliment noué, m'enivre de son pubis. Son corps est une ballade, je m'y balade. Que la nature est brillante de créer de si belles œuvres d'art ! On dirait une photo de Jeanloup Sieff, sauf que ma Manou est en couleurs.

Si je ne me retenais pas, je l'empoignerais à bras-le-corps sans entrer dans le détail. D'ailleurs, je ne me retiens pas. Je l'attrape par les hanches et plaque ses monts et merveilles contre moi. Je me sens d'attaque pour un rappel symphonique, mais la demoiselle freine l'ardeur de ma baguette de chef d'orchestre.

— Ttt ttt ttt, suçote-t-elle, tu n'as pas le temps, quelqu'un doit passer te chercher ce matin.

Manou me laisse au garde-à-vous et retourne polir sa couenne veloutée dans les draps de soie. Elle est venue porter un café et taquiner ma libido. C'est tout. Elle est mignonne. Cruelle, mais mignonne.

J'abandonne à regret mes projets libertins et enfile ce qui permet à un être humain de sortir dans la rue sans être accusé d'attentat à la pudeur. Parfois, je rêve d'être un chien, pouvoir me promener à poil et à poils, renifler le croupion de mes congénères en toute impunité.

Je m'apprête à tenter un pipi en levant la patte, lorsque le son de la sonnette sonne un Madison.

— C'est ouvert !, dis-je.

Le carillonneur n'a pas attendu mon invitation pour passer la lourde.

— Lieutenant Gédéon Lefort, dit-il avec un rapide salut.

C'est un colosse un tout petit peu plus baraqué que Monsieur Univers. Sauf qu'il ne fait pas dans la gonflette aux stéroïdes, il est en muscles certifiés titane, taillés au burin. Du genre à réduire tes mains en sac de sciure quand il te dit bonjour. Trois ou quatre manchots peuvent en témoigner.

— Commissaire Stanislas Goupil ?

— Retourne sur le palier !

Il s'exécute. Bon point pour lui, il ne discute pas les ordres.

— Qu'y a-t-il écrit sous la sonnette ? demandé-je.

— Stanislas Goupil.

— Bravo mon gars ! D'une part, tu sais lire, ce dont nombre de fonctionnaires de police ne peuvent pas se vanter. D'autre part, tu viens de résoudre ta première enquête : tu as trouvé le commissaire Stanislas Goupil. Il ne peut être que celui que tu cherches puisqu'il est unique comme la monnaie européenne. Revenons au plus important : moi, le commissaire beau comme deux dieux, doté de l'intelligence de trois prix Nobel et prêt à se mettre en quatre pour la France et les Françaises. J'en parle objectivement puisque je le croise chaque matin dans le miroir de ma salle de bains.

— Scusez-moi de vous contredire, mais c'est écrit sur la porte, pas sur votre front, vous pourriez très bien être son fils, son père ou l'ami de l'un des deux !

Un rebelle ? J'aime ! Il a raison ? Je ne le dis pas. Après deux minutes à mon service, ce serait préjudiciable à mon autorité.

— Suis-moi, je t'offre un jus.

Gédéon pose son quintal (à vue de nez, mais probablement plus. J'organiserai une pesée officielle quand on sera intimes) sur une chaise qui roupillait tranquille. La poussée gédéonesque la réveille en sursaut dans un kruîk kruîk qu'on appelle communément un grincement.

— Tu viens d'où ? demandé-je en préparant le kawa.

— Du bureau, c'est Monsieur le Directeur qui m'a dit de vous rejoindre, car vous aviez une mission.

Comment il parle, lui ? Je ne donne pas trois semaines pour que son « Monsieur le Directeur » devienne « le singe », « le pénible » ou « l'abominable homme du 36 ».

— Je veux dire, avant, tu étais affecté où ?

— Cinq ans à Mantes-la-Jolie avant de passer lieutenant.

— C'est un quartier chaud, non ?

— Tout dépend pour qui ! rigole-t-il en serrant ses poings gros comme des pastèques hypertrophiées. Quand on…

Il ne termine pas, car Manou des sources nous rejoint. Cette gonzesse ayant divorcé avec la mère pudeur depuis son dix-huitième anniversaire, elle ne porte qu'une culotte, qui n'a de petite que le nom. Elle est plutôt minuscule. Je défie une Barbie d'y glisser une demi-fesse sans l'aide d'un chausse-pied.

— Bonjour ! dit-elle avec un sourire à faire fondre un sorbet à la fraise.

— Bon… bon… bon… jour… jour… jour bredouille mon collègue en pleine crise d'échoïte aigüe.

Il tétanise. L'œil droit accroché au sein gauche de Manou, et le gauche sur le sein droit.

— Ne vous abîmez pas les yeux, mutine la coquine. Maman me disait qu'à loucher, j'allais rester coincée.

— Ma mama aussissi, s'émotive-t-il.

— Je te présente Gédéon, tout frais nouveau au 36. Normalement, il ne bégaie pas, mais son système libidineux subit actuellement un cyclone de force huit.

— Enchantée, Gédéon !

Tu parles qu'il est enchanté ! Une vraie chorale.

— Gédéon, je te présente Manou.

— Ah, c'est votre nou ? Enchantou… Euh, enchanté Ma Ma Ma Ma…

— … nou ! complété-je, car je me lasse rapidement des pronoms personnels.

S'il continue de jacter par saccades, je lui jette un seau d'eau glacé et une paire de lunettes noires.

— On est lundi ? s'étonne mon visiteur.

— Pourquoi ?

— Pour rien.

Tu parles, pour rien ! Ses yeux sont accrochés au microfragment de tissu du calcif qui planque difficilement le pubis de ma jolie môme. Sur le devant est écrit en lettres cursives et dorées : « Le lundi c'est ravi au lit ». Car en plus d'être sexy, elle est une cinéphile pétrie d'humour qui aime quand je la pétris d'amour.

— Nous sommes mercredi. Si tu veux t'en assurer, regarde le calendrier derrière toi.

Surpris en flagrant délit de matage, il en perd ses consonnes.

— Oooo… Aaaa… Uuuu… Aaaaa…

— Tu n'as pas sorti le sucre ! dit Manou.

Elle se penche pour attraper le glucosier dans le placard et nous offre une vue sur ses rotondités intimes emballées dans une dentelle d'une blancheur bien plus vierge qu'elle.

— Il n'en prend pas !

— Ah bon ?

Elle se redresse, déçue. Elle n'est pas innocente de l'effet qu'elle procure, mon exhibitionniste personnelle.

— Si, si, je veux du sucre ! lance l'inspecteur en cherchant une goutte de salive au fond de sa gorge aride.

— Ah, tu vois ! dit-elle d'une voix à dérider les austères, réveiller les cimetières et perturber les notaires.

Et hop, elle retourne fouiner en hissant ses fesses à une hauteur panoramique. Puisqu'elle insiste, je profite également du spectacle. L'entrée est gratuite, pourquoi se priver. On s'instruit toujours à observer une mappemonde.

— Vous voulez des biscuits pour accompagner le café, Gédéon ?

Il bredouille un sac de mots parmi lesquels je crois déceler « avec plaisir si ça ne dérange pas c'est sympa ah oui pourquoi pas merci », mais je ne sais pas dans quel ordre il les a dits.

— Tu veux que Manou vide le placard ?

— Ah oui d'accord, répond l'hypnotisé.

Son cerveau met huit secondes à déchiffrer ma question. Il se reprend d'un « non, pas du tout, mais, euh, bien sûr, non » qui lui monte le rouge aux joues. Mélangé à sa carnation guadeloupéenne, le résultat est un appétissant bourgogne trente ans d'âge.

— Vous aimez les sablés bretons ? susurre ma sucrette en posant sa poitrine sur la table et une assiette sous le nez de Gédéon.

À moins que ce soit l'inverse…

Ses yeux naviguent des petits gâteaux aux petits seins, il ne perd une miette ni des uns ni des autres. Si je n'étais pas présent, il croquerait des deux côtés. Heureusement, son savoir-vivre lui rappelle qu'on ne saute pas sur la femme d'un supérieur hiérarchique qu'on ne connait que depuis un quart d'heure.

Je devine qu'une cascade de sueur dégouline de sa tignasse jusqu'à sa raie fessière. Il est temps que sa température chute d'une dizaine de degrés.

— Je te renvoie chez toi ou je t'émascule avec une fourchette ? proposé-je.

Il me regarde aussi déconcerté qu'un mec à qui tu ordonnes d'éteindre la télé au moment où James Bond va se faire flinguer par un tueur sanguinaire.

— À moins que Môssieur le Directeur t'ait demandé de venir uniquement pour mater les fesses de Manou ?

— Pas du tout, pas du tout ! Je m'en fiche complètement !

— Merci ! roucoule la malicieuse.

— Non, mais, je n'ai pas…

— Puisque c'est ça, je vais prendre une douche.

Elle sort. La tête de Gédéon oscille au rythme de ses ondulations croupières jusqu'à ce que la porte se referme derrière son derrière au grand désespoir du subjugué. Il hésite : la rejoindre pour lui frotter le dos ou rester parler boulot.

Comme il n'aime pas être découpé à la tronçonneuse, il choisit la seconde option.

- 2 -

UNE HISTOIRE DE POUBELLES

L e dirlo t'a annoncé de quoi il s'agissait ?

Avant de répondre, Gédéon a besoin de retrouver la terre ferme. Il engouffre des sablés par paquets de six. Une sorte de maousse hamburger breton qui lui permet de vider l'assiette à la vitesse d'un cheval au galop vers un champ de luzerne.

— Il cherchait un volontaire pour une affaire privée. Depuis le temps que j'attends de combattre le crime, j'ai offert mes services immédiatement ! Quand j'ai su que c'était avec vous, j'ai dit oui les yeux fermés. Je vous admire, Monsieur le Commissaire, je lis tous vos exploits dans la presse, vous êtes un modèle pour moi.

— Primo, que tu m'admires, c'est normal, c'est une réaction commune à quiconque possède un minimum de lucidité. Secundo, tu ne m'appelles pas Monsieur le Commissaire. Mon blaze c'est Stan ou Stanislas. Tertio, tu me tutoies.

— Comme vous voulez, Monsieur le Commissaire !

Je croise les doigts, il entend une mouche voler, se corrige.

— Pardon. Comme tu veux, Stanislas !

— Je préfère. Je t'explique la situation…

— Je vous écoute !

— TU-ME-TU-TOIES !

— Je te tue, moi ? Je ne me permettrais pas !

Il m'observe comme un gardien de but qui hésite entre arrêter le ballon avec les mains ou avec les pieds. Je ne réagis pas, il affiche la déception du gardien qui a tendu les mains alors que la baballe est passée entre ses guiboles. Ensuite, tout va très vite. Une, deux, trois, douze dents superbement blanches entrainent sa bouche dans un gigantesque éclat de rire.

Quand on n'est pas prévenu, l'hilarité de Gédéon est susceptible d'épouvanter les oreilles délicates. Il mélange la complainte de la baleine harponnée à vif et le ricanement d'une hyène en chaleur, le tout mixé par un David Guetta atteint de Parkinson.

Les tableaux se décrochent, le mur se fissure et s'ouvre sur l'appartement adjacent. J'en profite pour saluer ma voisine qui propose au facteur d'échanger son 120 bonnet D contre un calendrier de l'année dernière. Le perroquet de la concierge crie « Planquez tout, bordel de merde, planquez tout ! ». Manou sort de la douche simplement vêtue d'un ruisselement d'eau en pestant, car la tuyauterie a explosé.

La tornade zygomatique se calme. Manou retourne à ses ablutions.

— « Je te tue, moi », elle est bonne, non ? croit utile de demander l'abonné de l'Almanach Vermot.

Je m'empresse d'approuver de peur qu'une réplique n'achève d'anéantir mon immeuble.

— Excellente. Je me la raconterai les soirs de cafard.

— J'en connais d'autres, si tu veux ? Tu connais celle du petit qu'a le pain ?

— Je t'écouterais volontiers toute la journée, mais je dois d'abord me faire greffer des tympans artificiels.

Il lève les sourcils, fronce la bouche, écarte les mains et autres trucs et machins pour exprimer qu'il ne comprend pas. Je le laisse trier pour occuper ses longues soirées d'hiver.

— Passons à l'affaire pour laquelle tu es venu jusqu'à moi !

— Je t'écoute.

— La tantine du directeur habite une résidence pour femmes âgées à Neuilly-sur-Seine.

— Où elle a été assassinée ? s'enthousiasme-t-il.

— Non, la pauvre ! C'est un immeuble très bien tenu avec des voisines charmantes…

— Dont l'une a été égorgée ?

— Non.

— Violée ?

— Non plus.

— Scalpée ? Saignée ? Mitraillée ? Dépecée ?

— Nooon ! Le problème de la tantine se situe dans le local des poubelles…

— Où a été trouvé un corps découpé en morceaux ? jubile l'amateur de faits divers et d'été.

— Pas du tout ! Un truc qui cloche, des détritus jetés partout, je n'ai pas bien compris ce qu'il m'a expliqué.

— OK. C'est le mec qui dégueulasse le local que Tantine a tué avec un hachoir.

— Mais non.

— Avec une tronçonneuse ?

— Pourquoi tiens-tu absolument à trucider les voisines et voisins de la tantine du dirlo ?

— On bosse à la criminelle. Si on nous envoie enquêter, c'est qu'il y a crime, logique !

— Logique, mais non.

Une pointe de déception assombrit son visage. Une grosse pointe, genre Pointe-à-Pitre, si je peux me permettre cette allusion à l'égard de mon collègue antillais.

— Y'a pas de crime ?

— Y'a pas !

Il est aussi dégouté que si je lui demandais de manger une soupe aux suppositoires de seconde main.

— Je résume, résume-t-il. Le commissaire Stanislas Goupil, fleuron de la police tricolore, as de la criminelle, grand manitou de l'enquête rondement menée…

— Tu me gênes…

Il m'adresse une mimique qui signifie « j'ai passé un diplôme de léchage de bottes, je le rentabilise ».

— Tu peux continuer, je suis équipé pour assumer éloges, compliments et salutations distinguées sept sur sept.

— Toi qui as arrêté les plus redoutables malfaiteurs et élucidé les affaires les plus sordides. Moi qui ai enchainé cours du soir, entrainement sur le terrain et lecture de manuels indigestes. Nous devons nous occuper d'épluchures de patates renversées dans un local à poubelles ? J'y crois pas.

— Aucune tâche n'est petite, dit ma blanchisseuse.

Il rumine sa déception comme une chamelle mastique une douzaine de Malabar.

— Que grommelles-tu dans ta barbe, toi qui es imberbe ?

— Je dis : quand je le raconterai à ma mère, elle sera rassurée que je ne travaille pas à la Poste. C'est sans doute plus dangereux de distribuer le courrier poursuivi par un caniche nain.

Il est sympathique, le lieutenant frais du jour, mais s'il renâcle dès la première mission, je vais l'expédier dans l'espace avec Thomas Pesquet, ça me fera des vacances. J'argumente :

— J'accepte de m'occuper de la tantine du dirlo par obligation hiérarchique. Point de discute, on exécute. Je te prie d'agir de même avec ton supérieur.

— Le directeur ?

— Un autre supérieur. Plus près de toi.

Il regarde autour, au-dessus et même sous sa chaise avant de percuter.

— Toi ?

— Gagné ! À moins que tu ambitionnes de terminer ta carrière sur un rond-point.

— J'ai hâte de voir le grand commissaire Goupil affronter le danger qui menace le cinquième âge de Neuilly. Puis-je te photographier ? Au cas où tu serais défiguré suite à un coup d'ombrelle ou éborgné par une cuillère à thé ?

Il sort son phone, vise et clique. Pour ne pas perdre la face, je prends la pose du mec qui assure. Mais je dois reconnaitre que ce n'est pas cette mission qui lui donnera envie de se prosterner devant mon portrait.

— Cher Gédéon, il y a dix minutes, tu m'appelais commissaire et tu me servais du « vous » sur un plateau d'argent. Désormais, tu me nargues, me gausses et me sarcasmes[2] ?

— C'est la vie mon pote !

---

[2] Le verbe sarcasmer n'est pas encore dans le dico, mais ça ne saurait tarder, m'a dit quelqu'un de haut placé. J'anticipe, je suis en avance sur mon temps.

— Tu vas voir, si c'est la vie ! Je te parie une coupe de champagne contre une coupe au bol que dans trente secondes, tu serres les fesses dans tes chaussettes.

— Essaie toujours, fanfaronne le fanfaron, avec la désinvolture du mec qui saute à l'élastique sans élastique.

— Même pas trente secondes ! ajouté-je en prenant ma montre pour témoin.

Il se gausse, le beau gosse des îles Galápagos (je le sais que les Galápagos sont à plusieurs milliers de km des Antilles, mais je ne voulais pas me priver de cette rime.)

— Manou, tu es habillée ? lancé-je en direction de la salle de bains.

— Presque, répond celle qui a transformé ma nuit en mille et une. Tu as besoin de quelque chose ?

Elle apparait sur le seuil, vêtue d'un peignoir plus ajouré qu'une toile d'araignée, couleur bleu pâle, qui la dévoile plus encore que si elle était nue.

— Savoir que tu es présente suffit à enchanter mon atmosphère, ma chérie.

— Tu es bête.

Elle repart en se séchant les cheveux. Gédéon transpire comme s'il venait de courir le marathon de Paris sur les genoux. Il écarte son col, s'aère avec les rideaux, respire à grand souffle.

— Vingt-deux secondes ! conclus-je.

— Enfoiré !

- 3 -

LA TANTINE DU DIRLO

J e suis content de partir en mission avec toi, dit Gédéon avec un sourire immaculé comme un slip neuf.

— Je te comprends, moi aussi j'adorerais. Bosser avec une pointure de mon acabit doit être extrêmement enrichissant.

Nous arrivons au pied de la résidence de tantine. C'est un bâtiment de cinq ou six étages en pierre jaune bétonnée, probablement construit dans les années trente. Il n'est ni beau ni moche, il est habitable, ce qui est déjà pas mal. L'entrée est fermée par une imposante porte en fer forgé noire et vitrée.

— Tu connais le code ? demande Gédéon.

— Non, mais mon index n'en a pas besoin, dis-je en me servant d'icelui pour appuyer sur le bouton de sonnette.

Immédiatement, une voix aigüe comme une appendicite répond. Elle émane d'un haut-parleur-caméra-contrôle-d'identité-vigilance-sentinelle-halte-là qui permet aux résidentes de dormir tranquillou sur leurs deux sonotones.

— C'est pourquoi ?

— Nous venons voir Madame Joséphine Baroulet. Auriez-vous l'extrême amabilité de nous ouvrir, chère madame ? dis-je en étalant mon plus merveilleux sourire à l'objectif de la caméra.

— Ce n'est pas Madame, c'est Monsieur ! peste la voix fluette.

— Excusez-moi, mademoiselle, insolencé-je.

Nous ouïssons un bzz bzz bzz accompagné d'une consigne impérative : « Poussez d'un coup sec » qui pourrait prêter à confusion si j'étais sodomite.

Je pousse. Nous pénétrons.

Banal à l'extérieur, l'immeuble respire la retraite bourgeoise une fois passé le pont-levis. La déco mélange marbre, miroir et chêne cent ans d'âge, et date probablement de la Quatrième République. Seule faute de gout, une rangée de boites aux lettres en pur plastique jaune à moitié déglinguées, aussi esthétiques qu'une tache de sauce tomate sur un smoking blanc.

— Mate la hauteur sous plafond ! s'extasie Gédé. On pourrait construire un mur d'escalade ici.

— Tu en parleras à la réunion des copropriétaires. Les mémés trouveront l'idée excellente pour se relaxer.

Un homme se tient devant la porte de la loge. Avec mon sens aigu de la déduction (y compris fiscale), je devine que c'est le gardien.

— Bonjour, cher monsieur ! Votre épouse nous a ouvert…

— C'est moi qui ai ouvert.

Effectivement, il possède la voix aigrelette de l'interphone.

— Désolé, j'ai confondu. Avec le bruit de la circulation, vous lui ressemblez.

— À qui ?

— À votre femme.

— Je suis célibataire !

Ce qui ne m'étonne qu'à moitié, ce concierge a l'apparence d'un ver de terre qui aurait gobé une boule de bowling. Tout en longueur, avec un ventre auquel *Le Livre des records* décerne chaque année une médaille d'or. Quand je croise des citernes de ce gabarit, j'ai systématiquement envie d'enfoncer un robinet dans leurs nombrils. Quel liquide s'écoulerait à ton avis ? J'expérimenterai un autre jour.

— Nous venons voir madame Baroulet. Quel étage ?

— Vous êtes de la famille ? demande Sir Kronenbourg en remontant son pantalon sur son gros tambour.

— Vous n'êtes pas de la police, je suppose ? rétorque Gédéon. Dans ce cas, nous ne sommes pas obligés de répondre à vos questions.

L'inspecteur n'est pas homme à se laisser marcher sur les orteils de son quarante-six en cuir. J'aime.

— Je ne risque pas d'être flic, rumine la barrique, je les emmerde, c'est tous des cons !

Je lui cloue ma carte tricolore entre les deux yeux.

— Vous avez entièrement raison, chère éponge. D'ailleurs, je vous invite à confier votre ressenti à qui de droit. Convocation demain matin neuf heures au palais de justice pour insulte à un représentant de la loi dans l'exercice de ses fonctions. Prenez un pyjama, vous serez transféré directement à Fleury-Mérogis pour une durée de six mois. N'oubliez pas la vaseline, je vous réserve une place dans le quartier des détraqués sexuels.

— Mais non, mais j'ai pas, mais non, mais j'ai pas, mais non…

Gédé lui expédie une claque force douze dans le dos pour le décoincer, car il n'a pas envie d'y passer le réveillon. Le pipelet ravale sa langue dans un hoquet.

— Excusez, mais je me dois de veiller à la tranquillité des pensionnaires et en ce moment…

— Prenez rendez-vous avec ma secrétaire pour me raconter votre vie. Pour l'instant, je réitère ma question : quel étage, madame Baroulet ?

— Troisième gauche, bredouille la réserve de bière de sa voix de fillette à moustaches. Je vous préviens, l'ascenseur est en panne.

Nous le laissons planté sur son paillasson tandis que nous entamons l'ascension de l'escalier par la face nord.

— Tu as le droit de le convoquer immédiatement chez un juge ? demande mon adjoint néophyte entre le rez-de-chaussée et le premier étage.

— Absolument pas. Mais d'ici qu'il comprenne que c'est un fake, il aura vidé ses intestins une douzaine de fois, réponds-je entre le premier et le second.

— T'es gonflé ! s'amuse-t-il entre le second et le troisième.

— Il a dit à gauche ou à droite ? dis-je entre le troisième et le troisième.

— Qu'est-ce que vous voulez ? demande la porte après mon coup de sonnette.

Tu crois que le père Goupil se prend pour Harry Potter et fait parler les objets ? Que je vais me déplacer sur un balai magique, affronter des sorciers qui volent des morts et sortir une cape d'invisibilité de mon choixpeau ? Non, mon Lapinou, reviens dans la réalité. Si la porte cause, c'est parce qu'un être vivant et probablement humain (jusqu'à preuve du contraire) nous observe par le judas.

— Madame Baroulet ? Nous venons de la part de votre neveu.

— Mon neveu, c'est rien qu'un trou du cul sans fesses ! rétorque du tac au tac la porte qu'on toque sans tic et sans trac.

Cette brave femme a dû prendre ses leçons de politesse avec Jean-Marie Bigard.

— Je parle de monsieur Pierre-Hugues Montalembert, celui qui est directeur de la police…

— C'est ce que je dis. Un bon à rien, un feignant, un inutile !

Pas d'erreur possible, c'est le même individu.

— Vous avez le don de dresser le portrait de votre neveu en peu de mots. Vous devriez travailler au service de l'identification judiciaire.

— Foutez le camp ! Je ne lui ai rien demandé, je n'ai pas besoin de ses polichinelles.

— Il vous a sentie préoccupée lorsqu'il est venu vous voir, il a cru bien faire…

— Qu'il s'occupe de ses affaires. S'il continue de m'importuner, j'vais me plaindre au Préfet !

Gédé me fait un signe que j'interprète par « Souhaites-tu que je file un coup de bélier dans la lourde pour dégager le passage ? ». Je négative par le geste apaisant du mec qui a une idée. Épatant hasard, j'en ai une excellente qui pointe le bout de son pifomètre. Une idée lumineuse. Plus que lumineuse, phosphorescente ! Normal, elle est de moi.

— C'est le Préfet qui nous envoie rapport à l'à-propos relatif concernant votre neveu. Il est question de le muter au contrôle des jetons de caddy sur le parking du supermarché voisin.

Gédéon prend des notes. Il découvre que mentir avec aplomb est le meilleur moyen de faire croire qu'on détient la vérité. C'est une des premières leçons enseignées en cours élémentaire de formation ministérielle.

Le cliquetis d'une série de verrous, serrures et loquets laisse penser que le lieu est plus protégé que la chambre à coucher de monsieur et madame Macaron. Oups, pardon, il y a une voyelle de trop. Entre nous, si Emmanuel s'était nommé Macaron, le peuple français aurait-il voté pour lui ? Ce que c'est que le destin, comme disait Giscard !

La porte s'ouvre sur une personne dont la principale particularité est qu'elle braque vers nous un fusil de chasse. Un modèle assez classique, de calibre douze, si j'en juge par le diamètre conséquent des canons superposés qui lorgnent mon bide.

Gédéon hésite à se mettre devant moi. Certes, la mission d'un subalterne est de se faire tuer à la place du chef, n'importe quel gradé le confirmera. Certes encore, il n'est pas trouillard, mais il ne connait aucune raison intelligente de jouer les martyrs compte tenu de la rétribution modeste qu'il encaisse mensuellement. Certes enfin, la hiérarchie le décorerait à titre posthume, mais il sait qu'un couard vivant profite mieux de la vie qu'un héros médaillé mort.

— Je reste derrière toi, au cas où.

— Dans mon dos, c'est Gédéon, mon collègue-inspecteur, dis-je à Calamity Jane. Moi, je suis le commissaire Goupil, médaille d'or de l'enquête rondement menée, triple champion du monde de la découverte d'indices et lauréat d'honneur de l'investigation les yeux bandés.

— C'est fini le baratin ? Je n'ai pas que ça à fiche, mon feuilleton commence dans un quart d'heure.

Elle a du caractère, madame Baroulet Joséphine, veuve de Baroulet Célestin. C'est une toute petite mamie octogénaire à la tenue soignée avec des cheveux légèrement ondulés parfaitement coiffés. Des cheveux de quelle couleur, je te le demande ? Violets, bien entendu ! Depuis qu'un cousin Plutonien de Franck Provost a débarqué sur notre fucking bonne vieille Terre, son vaisseau spatial rempli de colorant mauve, nombre de mémés succombent à son délire. Elles croient qu'une tignasse lilas, parme ou aubergine farcie sera plus choupinette que blanche ou grise.

— Ainsi que je vous l'ai dit, nous venons rapport à votre neveu. Pourriez-vous avoir l'extrême amadébilité de nous laisser entrer ?

Elle passe la tête sur le palier, jette un œil rapide et nous fait signe d'un mouvement de canon. Je surveille son index posé sur la gâchette. Si un tremblement intempestif lui secoue la menotte, je suis bon pour une collection de nombrils supplémentaires perforés à la chevrotine.

— Hmfff ! répond-elle.

Dans le dico humfien/français, « hmfff » avec trois « f » signifie « entrez ! », ce qu'elle confirme en nous invitant à entrer dans le couloir. Devons-nous avancer mains en l'air ? J'hésite.

Elle ferme la porte en bougonnant que la police c'est tous des mal élevés et qu'il nous faudrait une bonne guerre. Dès que j'aurai cinq minutes, je lui demanderai quels sont les critères pour qu'une guerre soit bonne. Je dois être un peu con, je croyais qu'elles étaient toutes mauvaises.

— Mettez les patins !

Nous nous exécutons, même si pour ma part, je préfère les rouler. Pas avec elle, bien sûr, qui a dépassé la date de péremption.

Si je pouvais t'envoyer une photo, tu te poilerais de voir deux condés dominés par une mini mamie. D'autant qu'elle tient son bazooka sous le bras, comme une baguette de pain. Elle n'a pas dû souvent chasser le perdreau, Lady Winchester.

Nous glissons sur le parquet avec la grâce des petits gaspards de l'Opéra. Après quelques sauts de biche, un porté levé par la hanche et une arabesque, nous arrivons dans le salon.

Elle nous fait entrer sans un mot ; nous invite à nous asseoir sur un canapé à grosses fleurs magnifiquement moches sans une phrase ; se plante devant nous avec son arbalète à cartouches sans un paragraphe.

Un rictus carnassier craquèle l'épaisse couche de fond de teint qui colmate ses rides tant bien que mal. Va-t-elle nous transformer en rillettes de poulet ou nous proposer une partie de jambonneaux à trois ? Mystère. Elle nous détaille de l'extrémité des cheveux jusqu'aux trous des chaussettes, avec l'air désabusé de l'eunuque qui enterre sa vie de garçon au Crazy Horse.

— Qu'est-ce qu'il a fait, mon neveu ?

— Il nous a dit que vous aviez des problèmes avec le local à poubelles…

— De quoi il se mêle ce tire-au-flanc ?

— Je voulais dire, *dans* le local…

— *Avec* ou *dans* c'est pareil !

Je vais programmer une interro surprise au sujet des prépositions, elle va voir si c'est idem !

— Pourtant, il laissait sous-entendre que…

— Si je vous dis que tout va bien, c'est que tout va bien ! Je sais mieux que lui, tout de même.

— Vous avez peut-être oublié que… essaie d'argumenter Gédéon.

Elle lui balance un regard noir comme la ceinture de Teddy Riner.

— Si votre collègue est venu pour me traiter de sénile, vous pouvez le renvoyer à son bureau trier les trombones, j'ai autre chose à faire !

— Pardonnez-lui, chère madame, il débute dans la police, il ne connait pas les usages.

S'installe un silence épais comme le monde de Cousteau, simplement troublé par l'estomac de Gédéon qui gargouille sur l'air de « J'ai pas mangé, j'ai pas bu, j'ai la peau du ventre pas tendue… ».

— C'est tout ce que vous aviez à me dire ? demande Mamie-Violette.

— C'est plutôt à moi de vous poser la question. Vous avez l'air soucieuse.

— Pas du tout ! Je suis barbouillée et mon feuilleton commence.

— Vous regardez quoi ?

— Walking dead ! Maintenant, sortez, j'veux pas rater le début.

Elle nous éjecte du canapé, non pas à coups de pied, mais presque. Elle nous ferme la porte, non pas au nez, mais presque. On se retrouve sur le palier, non pas comme des cons, mais plus que presque.

— ? dis-je.

— ! répond Gédéon sans l'ombre d'une hésitation.

— Je me demande pourquoi le grand pénible nous a envoyés ici.

— C'est le directeur que tu appelles le pénible ?

— Le *grand* pénible. N'oublie pas que c'est le boss, qu'il nous est supérieur, surtout en pénibilité.

— On va manger un morceau ?

— J'allais te le proposer.

Ce qui est faux. Mais en tant que chef, je dois donner l'impression de prendre les initiatives.

Dans le hall, le gardien, planté sur son paillasson, gesticule face à deux hommes aussi immobiles que lui est animé.

Le second (je n'ai pas envie de commencer par le premier. Si ça ne te plait pas, lis le paragraphe dessous et remonte ici ensuite) est un mec de taille plutôt chétive, très vilain. Vraiment très vilain. Pour te donner une idée, enfonce ta tête dans un hachoir, mélange la bouillie, recolle les morceaux et regarde dans la glace : c'est lui.

Le premier est un grand black assez beau gosse. Un front bombé, des yeux sombres, une large bouche et un nez tellement épaté, que je le suis encore plus que lui et que j'ai une soudaine envie d'en manger, du pâté. (Je possède une autorisation spéciale de l'Académie des bons mots pour l'utilisation de cette variété de vannes.)

Ils sont costardés et cravatés de noir, ce qui leur donne un vague air Will Smith & Tommy Lee Jones dans *Men In Black*, en nettement moins charismatiques.

— Je ne trouve pas ça normal ! s'énerve le gardien.

Dès qu'il nous aperçoit, il stoppe sa causette.

Messieurs Smith et Jones nous détaillent comme si nous étions habillés avec des épluchures de pommes de terre. Je les imite, sauf que je les fringue avec des pelures d'oignon, car leur morne apparence me donne envie de chialer.

— Un problème, cher monsieur ? demandé-je au gardien.

Will ne lui laisse pas le temps de répondre.

— Pas du tout. Nous faisons partie du service assainissement, nous effectuons un contrôle des canalisations.

Je reste vingt secondes silencieux. Pour créer un malaise. Et pour lui montrer que son argument est aussi convaincant que s'il m'expliquait comment tricoter un chandail avec des spaghettis crus.

Après cette cordiale prise de contact, nous n'avons plus d'amabilités à échanger. Nous sortons, certes de l'ordinaire et des sentiers battus, mais surtout de l'immeuble.

- 4 -

À LA POURSUITE DES MEN IN BLACK

J'avais la dalle, dit Gédéon en engloutissant un œuf dur d'une seule bouchée.

— Inutile de préciser, ton ventre gargouille depuis une heure, Tantine a dû mettre des Boules Quies pour entendre ce que je disais.

Il s'en tamponne les coquillettes. Il profite. On est bien à la terrasse du Café des Lézards où, justement nous lézardons au soleil.

— C'est très mauvais pour la santé de rester l'estomac vide, se justifie-t-il en avalant un deuxième coco, suivi immédiatement d'un troisième

— Qui t'a dit ça ?

— Ma maman.

— Je suppose qu'elle te le disait à l'âge de cinq ans ? Depuis, tu as pris trente piges et cent kilos. Fais-moi confiance, tu n'as plus besoin de huit repas par jour pour assurer ta croissance. Tu as constitué des réserves suffisantes jusqu'à ton dernier souffle.

— Comment je fais, en cas de petit creux ?

— Pense à autre chose. Au travail, par exemple. Ton estomac farci a-t-il une opinion sur l'affaire en cours ?

— Punaise, si ça, c'est une affaire, je ne risque pas l'infarctus. C'est Derrick en cure de sommeil, les aventures trépidantes de la tantine.

— Je ne partage pas ton avis, il y a un truc qui me chiffonne…

Avant de poursuivre, j'attends que son attention s'éloigne du demi-coulommiers que vient d'apporter la serveuse.

— Je t'écoute.

Il enfonce seize dents dans la pâte molle à quarante-huit pour cent de matière grasse. Soit trois pour cent par dent, ce qui est très raisonnable.

Avec la patience du fakir qui essaie de calculer le nombre de clous qui pénètrent sa partie fessière, j'attends avant de démarrer ma démo au rythme de sa mastication.

— Quand j'ai parlé du local, elle a répondu : « De quoi il se mêle ce tire-au-flanc ? ». Si elle répond « de quoi il se mêle », c'est qu'il y a quelque chose, t'es d'accord ?

— Je peux avoir du pain, s'il vous plait ? demande le glouton à la serveuse.

Faut peut-être que je lui enfonce un croûton dans chaque narine pour qu'il soit plus attentif ?

— Je suis d'accord. Moi, ce sont les deux mecs dans le hall que j'ai trouvés zarbis. Faire des travaux en costard, c'est pas commun.

— Tiens, quand on parle du relou…

D'un signe de tête, je lui montre l'entrée de l'immeuble. Il suit mon regard vers où il regarde et son regard regarde ce que je regarde. En gros, il mate pareil.

Will Smith et Tommy Lee Jones sortent d'un pas rapide. Ils ont l'air con-con et pas con-contents. Tommy donne un gros coup de poing sur le capot d'un Hummer garé devant. Il a l'air de très mauvaise Hummer, si je peux me permettre cette remarque non sponsorisée.

Blaong ! la tôle s'enfonce de vingt centimètres virgule zéro. Quand on connait la robustesse de ces tanks, on mesure la force du mec. Je ne m'étonne pas que ces olibrius aient besoin de ce gros machin pollueur pour se sentir importants. Comme dit le dicton, « Grosse auto, p'tit kiki ».

Le duo en noir contourne le cargo à roulettes en rouscaillant des mots que j'aimerais entendre. Puis, ils grimpent dans une voiture garée devant. Oh ben merde ! J'ai été médisant, ils n'éparpillent pas du CO_2 avec leur 4 x 4, mais avec une modeste Mini verte à rayures blanches. Du coup, pour le p'titi kiki, je n'affirme rien.

C'est Tommy Lee qui conduit. Si on peut appeler ça conduire ! Pour extirper sa caisse de la place de stationnement, il emboutit devant puis derrière avec une minutie qui suscite l'admiration. Est-ce une manœuvre ou se lance-t-il dans la compression automobile ? Encore un qui a décroché son permis lors d'un concours de fléchettes.

— Viens, on va les suivre !

— Hein ? Quand ? Maintenant ?

Dois-je user ma précieuse salive pour lui expliquer que si ce n'est pas à l'instant même, dans trois heures ils croqueront des saucisses à Strasbourg ou des tripes à Caen ? (à toi de choisir leur menu, c'est un roman self-service.) Non, inutile, je réserve mon liquide buccal pour dire des conneries et rouler des pelles à Manou.

— Pourquoi je ne mange pas ma tarte Tatin ? Pourquoi on s'excite en pleine digestion ? Pourquoi les suivre ? Pourquoi c'est moi qui paye ?

— Pas le temps ! Parce que ! On sait jamais ! C'est comme ça ! réponds-je d'affilée, car je suis fan du Burger Quiz et incollable au Burger de la mort.

Nous fonçons vers notre auto-immobile. Du côté des M.I.B., Tommy et Will échangent leurs places et un bouquet d'amabilités verbales. Je pratique couramment la gesticulation excitée, donc je traduis les mouvements de sémaphore de Will par « Même pas fichu de sortir une voiture d'un stationnement, t'es un incapable, qu'est-ce qui m'a collé un nul pareil dans les pattes, j'aurais mieux fait de m'associer avec un manche à balai, laisse-moi le volant, on ne va pas y passer la soirée ! ». (Je résume.)

Ce à quoi l'autre répond quelque chose comme « J'suis pas ton larbin, c'est ta bagnole, si t'es plus malin, t'as qu'à la conduire, marre à la fin, c'est toujours moi qui me fais engueuler ! ».

À peine Gédéon pose un pied sur le plancher de notre auto que je roule pied au plancher pour rattraper les hommes en noir qui démarrent.

— Qu'est-ce qui t'arrive ? demande Gédé.

— Nous avons le choix entre retourner au bureau taper un rapport avec nos index dactylographieurs ou découvrir qui sont ces deux zozos qui me paraissent aussi nets que le casier judiciaire de Don Corleone.

— Et l'option se dorer au soleil ?

— Primo, tu es suffisamment bronzé. Secundo, l'inactivité est le terreau de la vieillesse (ne cherche pas l'auteur de cette brillante pensée, elle est de moi) et je n'ai pas prévu de prendre de l'âge aujourd'hui.

Il balance un soupir long comme un coup de mistral (gagnant) et se résigne. Quand tu commences avec un nouveau boss, il est préférable de s'écraser si tu ne veux pas pointer au chômedu.

Je rejoins la Mini arrêtée à un feu tricolore quelques bagnoles devant moi.

— Fais gaffe de ne pas te faire repérer, conseille l'inspecteur débutant.

— Tu fais bien de me prévenir, j'allais leur téléphoner pour annoncer notre présence.

Il me regarde en se demandant si c'est du lardon ou du porcelet. Je lui retourne une paire d'yeux dans lesquels il peut lire que je lui recommande de sortir en bloc son lot de recommandations similaires, qu'on en soit débarrassé. Son cerveau carbure. Comment pourrais-je les appeler sans connaitre leurs numéros ? Doit-il se taire face à l'évidente vacuité de son conseil ?

Il opte pour une troisième formule : rigoler. Je neutralise immédiatement son euphorie d'un coup dans le plexus. Inutile d'alerter notre gibier et la moitié de Paris.

— Remballe ton zygomatique, Gégé, demande plutôt au central à qui appartient cette caisse.

— Yep ! répond-il en crachant une chique comme un vieux cow-boy qui schmoute du clapet.

La Mini avance à l'allure « pépé va à la pêche », facile à suivre dans Paris. Sur le périph, c'est plus compliqué, car il zigue et zague sans discontinuer. Soit il hésite sur la voie à suivre, soit il est bourré, soit il a obtenu son permis en bonus avec deux paquets de céréales chocolatées. Je n'ai aucun mal à coller au train de ce pilote du dimanche. Surtout qu'on est mardi.

Tandis que mon passager téléphone, je m'autorise une réflexion personnelle si tu permets (et si tu ne permets pas, je m'en secoue les glandes reproductrices). Les chauffards qui naviguent d'une file à l'autre me cassent les abricots poilus. Pourquoi veulent-ils arriver les premiers au cimetière ? Ils s'imaginent que leurs congénères jalousent leurs prouesses automobilesques ? Que les femmes sont béates d'admiration ? Bah oui, mes statistiques sont formelles : la plupart des tordus du volant sont masculins. On n'y peut rien, c'est principalement l'homme qui place sa virilité dans les chevaux, les soupapes et les carburateurs.

— Ils prennent le tunnel de Saint-Cloud, annonce le cousin germain de Bison Fut-Fut.

— J'espère qu'ils ne vont pas nous entrainer jusqu'à Douville ou Treauville, dis-je, car j'aime pratiquer un humour que seuls apprécient ceux qui fréquentent les plages normandes.

Je ne quitte pas la Mini des roues tout en laissant entre lui et mi une dizaine de voitures de distance. À cette heure-ci, le tunnel n'est pas encore surchargé de bagnoles qui hey ho hey ho rentrent du boulot.

En sortant, la vitesse limite passe à 90 et deux cents mètres plus loin, à 110. Will Smith fait comme on lui dit. Pas moins, pas plus. Je lui décerne la médaille du conducteur modèle.

— Tu crois qu'il fait gaffe à ses points ou qu'il n'aime pas poser pour la photo ? demande mon voisin.

— Vu la gueule du petit, c'est plutôt les radars qui refusent de le flasher.

On passe le triangle de Rocquencourt, la forêt de Marly. À partir de Poissy, la vitesse limite est 130, hop, il monte à 130.

— Stanislas, on perd notre temps à suivre ces mecs qui rentrent pépère en respectant le Code de la route. Dans le genre grand banditisme, on a fait mieux.

— Perdre du temps fait partie du boulot. Si tu voulais de l'action, fallait t'engager dans la plomberie.

— Ils accélèrent.

— Je fais pareil. 150, tu es content, ils sont dans l'illégalité.

— Tant mieux, cinq bornes de plus à ce rythme, je m'endormais. On est où, là ?

— On vient de passer Les Mureaux, je vais en profiter pour enrichir ta culture.

— Tu vas me faire regretter de ne pas roupiller.

— Sais-tu que c'est aux Mureaux que le génialissime Frédéric Dard s'est installé en 1949, année où il a publié la première aventure du commissaire San-Antonio ? C'est donc à quelques pas de cette autoroute sur laquelle nous roulons en ce moment même que le plus illustre flic de la littérature policière est né ! Épatant, non ?

— T'en connais de ces trucs, toi !

Je pourrais lui parler de San-A plusieurs heures, vu qu'il est mon héros sans peur et sans reproche, mais je suis interrompu par James Brown. Pas le chanteur qui ferait du stop sur la bande d'arrêt d'urgence, non, sa musique qui jaillit du téléphone de Gégé. Il « like a sex machine » pour qu'on décroche. Tu crois qu'il répondrait ? Mes genoux ! Il chante, il danse, il tortille, il « Get up ! ».

Pour ramener l'ensorcelé vers la réalité, je pousse mon rugissement spécial Ninja n° 22 :

— Ta gueule !

Il sursaute à peine, sourit à pleines dents et s'exécute. Ah quand même !

— Ouais ?... D'accord… OK… Merci…

Si tu as compris ce que lui a dit son interlocuteur, t'es fortiche. Moi qui suis à cinquante centimètres, je n'ai rien entravé.

— La Mini appartient à un certain Lamorue. Pas de P.V. impayés, pas de points suspendus, assurance en règle, le citoyen irréprochable. On suit monsieur tout le monde, tu parles d'une aventure !

— Et son passager ?

— Quoi, son passager ?

— Le service des immatriculations détient la liste des personnes transportées par chaque véhicule. Tu donnes le numéro de la plaque, ils te fournissent le détail, avec les noms et prénoms des ascendants et descendants sur quatre générations.

Il absorbe l'info comme on ingurgite un verre d'huile de vidange.

— Tu déconnes ?

— Oh la tronche ! T'as l'air aussi surpris que si je te demandais de photographier mes hémorroïdes en relief !

(Je te rassure mon Lapinou, c'est une image. Mon anus est lisse comme les pneus de ta bagnole).

— Ils sortent !

— Tes hémorroïdes ?

— Les Men In Black ! Ils sortent à Épône-Gargenville.

Pour ne pas être repéré, je lève le pied et laisse un quart de douzaine de véhicules me doubler.

En bout de bretelle, la Mini prend sur la droite direction Gargenville. Elle traverse le premier pont puis coupe la route d'une voiture en sens inverse. Le chauffeur le remercie d'un chapelet de « Perforateur à pistons ! », « Basket sans semelle ! », « Raclette à étrons », accompagné de douze coups de klaxon. Un poète.

Il vient de bifurquer à gauche sur le parking désert d'un resto qui l'est tout autant. Qu'est-ce qu'ils vont foutre là-dedans ?

— Quoi qu'on fait ? Demande l'homme qui oublie les règles de grammaire comme son aïeule ménopausée a oublié ses règles douloureuses.

— Je me gare de l'autre côté du pont et j'y retourne à pinces.

— Pendant ce temps-là, j'enfile des perles ?

— Si tu en as, tu peux.

— Je n'en ai pas.

— En ce cas, tu t'installes au volant et tu attends pendant que je mate. S'ils se sont arrêtés pour se vider la vessie, on reprend la filature. S'ils se lancent dans des travaux de rénovation, je te préviens et tu me rejoins.

Puisqu'ils pouvaient réparer les canalisations sapés comme pour le mariage de la cousine Gertrude, pourquoi ne pourraient-ils pas jouer de la bétonnière à pistons ?

C'est ce qu'on verra dans le chapitre suivant, si tu veux bien tourner la page.

- 5 -

1 250 COUPS MINUTE

Le parking est désert comme l'île de Robinson une semaine sans Vendredi. La Mini stationne à l'ombre d'un vieux chêne, sous lequel Lamartine, tristement pourrait s'asseoir. (Pour ceux qui se demandent qu'est-ce que cette Martine vient fiche ici, prière de se rendre immédiatement au XIXe siècle, sans billet de retour.)

Aucune activité à trois cent trente-trois mètres à la ronde, excepté un chien mi-chihuahua, mi-saint-bernard qui défèque sans aucune pudeur à mon nez et à mon odorat. Il affiche une concentration intense et le sourire benêt du cabot qui cague. Le pauvre a dû avaler un sac de riz, vu comme son étron a du mal à prendre l'air. « Vas-y, mon gars, pousse, tu y es presque ! » l'encouragé-je, car je suis membre du C.C.C.C.C. (le fameux Comité Central Contre la Constipation Chronique qui monopolisa l'actualité par ses luttes intestines).

J'admire l'effort déployé par Toutou, aussi musculaire que sonore. Lequel finit par porter ses fruits dans un barrissement salvateur de trombone à coulisse. Rintintin m'adresse un sourire de contentement doublé d'un clin d'œil complice. Il sait que sans mon soutien, il en aurait chié. Note : je ne suis pas partisan de l'humour scato, mais celle-ci est trop belle, je ne peux pas résister.

Il admire brièvement sa création anale et se barre en l'abandonnant au soleil. Comme un connard qui laisse son clebs sur une aire d'autoroute sur le chemin des vacances, le salaud part !

Je téléphone au Gédéon :

— Ramène ta carcasse, ils sont dans le resto. Je veux savoir ce que ces pingouins fichent ici.

— Miomfr, grumpf, Houmfr, répond-il.

— Qu'est-ce tu bouffes ?

— Un reste de sandwich trouvé dans la boite à gants. Plutôt que de le gâcher…

— Tu es très dévoué. Il attend depuis six semaines qu'un estomac compatissant l'adopte. Dépêche-toi de vomir et ramène-toi !

— Humffflll !

Je m'essuie l'oreille, il postillonne à travers le téléphone.

Au fait, je ne t'ai pas dit ? Le resto s'appelle « À la bonne grillade ». Si ce n'est pas de l'ironie du sort, je veux bien être changé en Blanche-Neige, Gédéon jouera les sept nains. Tu m'étonnes qu'il a été bon le barbecue du boui-boui. Le cuistot s'est endormi pendant la flambée, il a cramé les saucisses, les merguez et le mobilier.

L'intérieur du bâtiment n'est pas plus réjouissant que le dehors. On renifle une odeur de vieux bois calciné humide, les cloisons sont effondrées, les portes disloquées, les ferrailles torturées. Un décor d'apocalypse. Beyrouth-en-Yvelines. Sur certaines tables, il reste des assiettes et des couverts, l'incendie a dû se déclencher alors que le resto était en pleine activité.

Au moment du coup de feu, si tu me permets cette comparaison brûlante. Tu es d'accord ? T'es trop sympa comme lectrice — ou lecteur, je ne te distingue pas bien. Je te réembaucherai dans mon prochain livre.

Le soleil projette des ombres inquiétantes comme dans les séries B des années cinquante. Et si un vampire surgissait au détour d'un couloir ? Instinctivement, je ferme mon col, je n'ai pas envie de servir de cocktail sanguin au premier Dracula venu.

Je descends un escalier de Paul (pourquoi les escaliers seraient-ils toujours de pierres ?). J'avance sur le bout des ongles de doigts de pied. J'ai appris cette technique en cours d'espionnage de second cycle. Donne-moi des gadgets, je suis James Bond. Ajoute des gonzesses, je suis James Bande.

Durant ma démarche aussi silencieuse qu'un escargot sur une flaque d'huile, je prends conscience d'une étrangeté : James Bond, Jack Bauer, Jason Bourne. Ces trois héros de films d'action ont les mêmes initiales ! Est-ce le fait du hasard ? Si j'y avais pensé plus tôt, je me serais nommé Jack Boupil ! Succès assuré.

Je te laisse réfléchir au sujet.

Je suis en bas des marches, je progresse vers l'inconnu. Des murmures de voix montent des entrailles de la bête noire (t'as peur, hein ?). *Écris, je te dis !* entends-je.

Une baffe fait trembler la baraque. Hé, ho, mollo avec les secousses ! Il va déclencher une avalanche de poutres, le distributeur de torgnoles.

S'ensuivent plaintes, lamentations et gémissements qui, si je ne me trompe, proviennent de l'organe vocal d'une personne de sexe féminin. *Dépêche-toi !* continue le bourreau des corps.

Et vlan, deuxième baffe !

J'ai compris ! C'est son système de ponctuation. Il donne un ordre, virgule, une branlée d'exclamation, point. Si la dictée dure vingt pages ou vingt piges, la pauvre victime finira les joues plus plates qu'une crêpe bretonne écrasée par un quinze tonnes.

Je m'approche de la source sonore à pas de loup-y-es-tu. Des souvenirs de colo remontent à la surface. La nuit, avec un copain, on descendait dans les cuisines piquer des tablettes de chocolat. On passait devant la piaule du mono, plus légers qu'un matou qui a sniffé une bonbonne d'hélium.

Que de chouettes souvenirs, les jolies colonies de vacances ! Merci papa, merci maman ! Tous ceux qui y sont allés valideront. Les potes, les nanas, les conneries, je pourrais en raconter des pages. T'inquiète, je m'abstiens, car j'en vois au fond de la classe qui plient des cocottes en papelard en attendant que je revienne au sujet principal.

Désolé, j'y retourne tout de suite. La dictée continue : *Mamie, ce doigt dans la boite est à moi...*

Un doigt ? Dans la boite ? C'est quoi cette histoire ?

J'enjambe un tas de vieilles portes de placard bleu pâle brûlées. Chouette couleur. Je mémorise, si un jour je refais ma déco. *Est, e-s-t !* gueule le prof de français.

Et boum, nouvelle claque ! Et ouin, nouveau sanglot !

Mon oreille équipée d'un détecteur laser supersonique distingue les pleurs de plusieurs femmes. Deux mezzo-altos, une soprano et une contralto. Ne sois pas surpris que j'analyse si facilement les tessitures de voix, c'est un don naturel. Je n'y fais même plus attention.

Le tortionnaire continue : *Signe les papiers, sinon je vais mourir.* J'attends le bruit de la baffe, il n'y en pas, néanmoins, il précise : *Ne fais pas de fautes ou je t'en retourne une autre !*

Ça me rappelle une tradition sioux : le mâle échange volontiers un gros bison contre un petit gnou, alors que la femelle refuse de troquer un petit bisou contre un gros gnon. C'est toujours utile de le savoir.

J'en ai marre d'entendre, j'ai besoin de voir. Dans un spectacle son et lumière, comme dit Véronique, sans son, c'est moins bien !

Les voix proviennent d'une pièce qui se trouve sous moi. Je cherche un trou dans le plancher qui m'offrirait une vue plongeante. Heureusement, je suis un spécialiste des trous, des lalas et des itous, comme peuvent le certifier une armée de demoiselles qui ne le sont plus depuis qu'elles m'ont fréquenté.

Je déniche une magnifique ouverture de dix centimètres carrés entre un tiroir éventré et un tas d'assiettes brisées en deux mille morceaux. Donne-moi deux heures et je reconstitue un service en porcelaine et super-glue de Limoges.

Montre ce message à tes voisines le plus vite possible, entends-je lorsque je glisse mon œil par l'orifice.

Le spectacle auquel j'assiste est pour le moins inattendu. Trois vieilles femmes sont allongées par terre, ficelées et bâillonnées. Une blonde, une brune, une rousse. Le choix du roi. Qui n'a rien à voir avec la couleur des cheveux, je suis au courant, mais ça m'amuse. Qui peut m'en empêcher ? Word qui se révolte ? Je demande à voir !

À quelques pas des prisonnières, une autre femme, châtain clair. Elle est en robe, agenouillée dans les gravats de briques et de broc. Elle grimace de douleur en se tortillant comme une tranche de lard dans la friture. Devant une caisse en bois, elle copie la fameuse dictée. *Nos ravisseurs passeront jeudi à onze heures pour la signature. Soyez toutes présentes. Ne préviens pas la police, si vous voulez nous voir vivantes.* Celui qui dicte, c'est Will Smith. Celui qui distribue les coups, c'est Tommy Lee Jones.

Will tient dans les mains une boite à biscuits dans laquelle mon œil d'aigle aperçoit un nid de coton sur lequel repose un annulaire coupé frais du jour. D'un côté, l'ongle est couvert de vernis carmin. De l'autre, la chair est déchirée couleur steak haché saignant.

— Sans trembler, ta signature !

Tommy lui envoie une nouvelle dérouillée, sans raison valable apparente. Il doit être Italien, il parle avec les mains.

La pauvre mémé appose sa griffe d'une main hésitante. Son autre main est enrobée d'une bande Velpeau teintée de sang. Si je compte bien, elle n'a plus que quatre doigts. Sa main est Minnie, comme Mickey.

— Vous signez toutes les quatre ! aboie Will.

Tommy s'occupe de les détacher l'une après l'autre pour récolter leurs autographes. Une vraie groupie.

C'est peut-être le moment que j'entre en action ? Je ne vais pas passer la soirée à mater le spectacle par le petit bout de la lorgnette.

J'envoie un SMS à Gégé pour savoir s'il arrive maintenant ou dans six mois. Je pourrais m'occuper seul de la situation, je suis tellement futé, vif et vigoureux. Mais l'inspecteur subalterne doit participer aux réjouissances pour justifier sa rémunération pour services rendus à la Patrie.

« Je suis derrière toi », répond Gédéon par retour de texto.

Je mate. Effectivement, il est là. Il déplace son quintal avec la délicatesse d'un flamant rose unijambiste. Je suis épaté qu'une telle masse puisse évoluer aussi silencieusement.

Par réflexe, je pose mon index devant la bouche pour lui intimer le silence. D'un large geste, il rétorque que c'est ce qu'il fait et que ce genre de remarques à la con ne sert à rien. Il n'a pas tort. D'autant que, dans l'action, il perd l'équilibre. Son pied droit glisse sur les portes bleues, il trébuche, tente de se rattraper et parvient à retrouver un semblant de stabilité en faisant tomber quatre kilos de détritus.

Si tu te souviens des lois de la pesanteur que tu as apprises en CP et de celles de la propagation des ondes longitudinales grâce à la déformation élastique de la vibration mécanique d'un fluide qui permet de former les sons (cours de grande section de maternelle), le début de chute de Gédéon ne s'est pas fait sans bruit.

— Qu'est-ce que c'est que ce bordel ? dit Will Smith.

— Ça doit être un clebs ou un chat, répond son pote.

Tiens donc, il est doté d'une voix ! Moi qui pensais qu'il ne s'exprimait que par coups de poing à la ligne.

— Va voir, ordonne l'autre.

S'il n'est pas le chef, en tout cas, c'est lui qui commande.

Tommy sort un micro Uzi qui était dans son dos. Je comprends pourquoi il avait l'air coincé du boule. Glisser dans son froc un gun de deux kilos, ce n'est pas l'idéal pour le yoga.

Si tu ne possèdes pas cet engin dans un tiroir de ta cuisine, je t'explique : c'est un pistolet-mitrailleur semi-automatique.

Comme un Uzi, plus petit, mais avec la même force de frappe : mille-deux-cent-cinquante coups par minute. Celui qui se trouve sur le trajet des projectiles se transforme en passoire à coquillettes.

Je sors mon pote Boum-Boum. Si on organise une partie de tennis à balles plombées, il n'y a pas de raison que je joue sans raquette.

— Qu'est-ce qu'on fait ? interroge silencieusement le semeur de trouble.

Je lui chuchote en mode deux décibels de me laisser un millième de seconde afin que j'établisse un plan d'action en douze épisodes.

Si je dessinais mieux qu'un gamin de deux ans qui gribouille comme un pied avec les siens, je crobarderais un story-board hollywoodien du programme. Je n'ai pas ce talent, j'opte pour une série de mouvements manuels dont la traduction est : « Tu descends par la gauche, moi par la droite, on les prend en étau. Emballé, c'est pesé ». Il opine du chef tel un sous-chef à son chef.

Paré à l'attaque ?

Il l'est.

Je me redresse avec l'élasticité d'un boa constrictor qui a bu un bol d'assouplissant. J'opère un pas à droite.

Gégé se lève avec la discrétion d'un hippopotame en surcharge pondérale (IMC 42, à vue de nez) et saute à pieds joints sur le plancher.

Ce sont les indications qu'il a comprises ? J'ai intérêt à réviser mon dico de langage insonore. Y'a comme un rocher dans les lentilles !

Quand cent vingt kilos de bidoche premier choix percutent un sol en décomposition, quel est le résultat ? Ça passe ou ça casse ?

Ça fracasse ! Dans un vacarme de planches explosées, un nuage de poussière et une volée de petit bois, Gégé traverse et atterrit deux mètres cinquante en dessous.

Surprise pour les Men In Black. La météo n'avait pas annoncé de chute de Gédéon à cette époque de l'année ! Ils sont scotchés comme une distillerie irlandaise.

Quant aux otages saucissonnés, elles ouvrent des quinquets larges comme un anus de baleine (un mètre cinquante par temps calme). Elles sont stupéfaitement joyeuses. Elles espèrent un potentiel sauveur dans ce mignon parachutiste. Elles ont beau avoir fermé la boite à plaisir depuis quelques décennies, elles ne rechigneraient pas contre un moment de tendresse tombé du ciel.

Du côté des ravisseurs, les réactions sont diverses.

Tommy Lee Jones, qui a pris des leçons de courage dans « Comment prendre la poudre d'escampette pour les couards » se précipite vers la sortie.

Will Smith attrape la grand-mère agenouillée et l'invite à danser le tango du bouclier humain.

Et moi, pendant ce temps, tu crois que je peigne une girafe qui, justement, passait par là ? Mais non, t'es bête, je n'ai pas de peigne.

Ni une, ni-ni, je saute dans le cratère dégagé par Gégé-bulldozer. En visant bien, j'atterris à moins d'un mètre de Will avec mon flingue en pogne. Ce qui risque de le défriser, au propre comme au figuré.

Tu as vu les Yamakasi bondir comme des kangourous entre deux gratte-ciel ? Pareil je fais. Pour ajouter de la grâce à mon plongeon (et, je l'avoue, pour épater le harem ficelé), j'agrémente ma descente d'un double salto arrière. Note unanime : 10/10. La médaille d'or. Excusez du peu !

Gégé poursuit l'autre trouillard à la vitesse d'un char d'assaut au galop.

Will plaque le canon d'un petit pistolet sous la mâchoire de la mamie qu'il maintient contre lui. Une arme peu impressionnante, mais suffisante pour transformer en bouillie un crâne humain.

— Un seul pas et je tire !

Pas la peine de préciser, mon pote, j'avais compris tes intentions. Pour prouver que ce ne sont pas des paroles en l'air, il tourne l'avant-bras de la vieille d'un tour complet sur son axe. Si tu connais un minimum l'anatomie humaine, tu sais que l'axe en question se nomme le coude. Pivote ton cubitus et ton radius sur 360 degrés, il se produit ce qu'un étudiant en première semaine de médecine nomme le déboitement. Un crack. Un bobo. Un très gros bobo pour la bobo.

La preuve, elle lance un cri de douleur. Atroce, car sa voix n'est pas mélodieuse. Elle aurait pu suivre des cours de chant au lieu de massacrer nos ouïes.

Elle se débat. Son ravisseur la maintient tout en me visant. Pas fastoche. Inévitablement, il a une demi-seconde d'inattention. Demi-seconde dont je profite pour lui faire gouter la crosse de monsieur Boum-Boum. Oh dis donc, son pif éclate comme une pêche trop mûre ! Il relâche la mamie qui n'attend pas que je lui signe un bon de sortie pour rejoindre l'entassement des copines.

— Hmm hmmm hmm ! font-elles.

Ce qui, en langage bâillonné, signifie : « Coucou Géraldine, c'est sympa de passer, t'as vu le nouveau soutif que je me suis offert à moins 50 % ? ».

Ah, les femmes !

Will n'apprécie pas du tout mon irruption imprévue, ma percussion nasale et son éruption sanguine qui dégouline. Une grosse tache de raisiné fait splash sur son joli costard lie-de-vin acheté d'occasion chez Nicolas.

Il envoie au hasard des bastos dans ma direction, avec la précision d'un aveugle aux yeux bandés. Au sifflement qui frôle mes écoutilles, je reconnais le chant mélodieux d'un 6.35 en rut[3].

À l'extérieur, un bruit de tôle secoue la façade. J'ai dû être maçon dans une vie précédente, car je doute que le bâtiment branlant résiste à un tel choc.

Tu sais quoi ? J'ai raison. Il ne résiste pas. Un tremblement de terre traverse l'édifice (j'ai le temps de compter, ils sont bien dix, les fistons). Les murs se crevassent, les dernières vitres intactes explosent, Will Smith trébuche et se rétame sur les grandes mamies. Une énorme poutre faîtière se décroche du toit et s'abat vers nous.

Au premier regard, je constate que c'est du chêne de section 200 x 300 mm. Tu crois que je frime avec mes connaissances ? Pas du tout. Si je te dis que je le vois au premier coup d'œil, c'est parce que je le vois au premier coup. Dans l'œil. C'est du 200 x 300, je confirme avant d'être assommé.

---

[3] Lorsque le 6.35 est en chaleur, il cherche l'accouplement par tous les moyens avec la chair humaine. De préférence dans des parties sensibles comme le cœur, l'estomac ou les roubignoles.

- 6 -

LE CONNARD N'EST PAS CONTENT

Être allongé auprès des dames est une volupté divine pour laquelle j'avoue avoir un faible. Là, je suis gâté, quatre femmes horizontalisent en ma compagnie. Sauf qu'elles n'ont plus l'âge du fantasme et que je me coltine un mal de crâne qu'une usine de paracétamol ne parviendrait pas à soulager.

Planté devant nous, Tommy se tient jambes écartées tel un cow-boy, son Uzi pointé dans ma direction.

— Il se réveille ! gueule-t-il à son poteau qui se ronge les ongles trois mètres plus loin.

Il sourit, content de me revoir. Je lui retournerais volontiers son amabilité, mais je dois d'abord reconstituer le squelette de ma mâchoire.

— Parfait, parfait, on va pouvoir discuter. Qu'est-ce que tu viens foutre ici, connard ? demande-t-il en me donnant poliment un coup de pompe dans les côtes.

— Vous faites erreur, réponds-je, je ne m'appelle pas connard, vous confondez avec votre copain.

— Qué qui dit ? fronce les sourcils l'autre. Tu vas voir si je suis un connard !

Il m'enfonce le canon de son pistolet dans la bouche. Si c'est pour un contrôle dentaire, non merci, je n'ai pas besoin de me faire plomber les ratiches.

— Je suis peut-être un connard, mais je suis un connard qui plante son pétard dans ta gueule ! Joue au malin et je serai un connard qui appuie sur la gâchette !

Je dois admettre qu'il n'a pas tort. Je baragouine un truc incompréhensible.

— Qu'est-ce que tu dis ?

Je ne crois pas qu'en passant tes journées à agrafer des photocopies tu aies déjà eu l'occasion de papoter avec un pistolet-mitrailleur entre les dents. Essaie, tu verras, ce n'est pas le plus commode pour perfectionner son articulation. Je renouvelle la bouillie de mots.

— Retire ton canon de sa bouche pour qu'il puisse parler, imbécile !

— Tu ne me traites pas d'imbécile !

Son cerveau farci à la purée de pois chiches met douze secondes avant de comprendre que son copain a raison. Punaise, je ne suis pas tombé sur Al Capone.

Il retire son gun. Je retrouve ma salive, ma respiration et une élocution normale.

— Je disais que je m'étais trompé, vous n'êtes pas un connard, mais un gros connard ! Un faramineux connard.

— Quoi faramineux ? Qu'est-ce qu'il me traite de farine, ce con-là ? Je vais le buter, je te jure, je vais le buter !

Dans l'absolu, Will Smith et moi, on n'est pas programmés pour être potes. Je ne connais pas sa date d'anniversaire, le prénom de son père ou la taille de ses tricots de peau. Pourtant, à cet instant précis, je l'aime. J'ai envie de le prendre, de l'embrasser dans le cou et lui cuisiner des crêpes. Pourquoi ? Parce qu'il donne un coup dans le bras du connard impulsif lorsque ce naze appuie sur la gâchette de son calibre.

La rafale déchiquète un vieux buffet qui finissait ses jours tranquillement. Vlan ! Une giclée de 9 mm, il se transforme en petit bois pour la cheminée. Sans Will, c'est moi qui devenais de la sciure !

— Je veux discuter avec lui, pas le buter, espèce d'abruti !

— Tu ne me traites pas d'abruti !

— Va voir dehors si le gros naze n'a pas bougé, ordonne Smith.

— Impossible, je l'ai fixé avec du câble au pare-chocs de la bagnole.

— Va voir, je te dis !

Tommy sort en grommelant un truc genre « J'en ai marre » ou « Fais chier » ou « À bas les cadences infernales, la retraite à trente piges ! » ou les trois. Je le comprends. Être traité de connard, d'imbécile et d'abruti en un quart d'heure, même si c'est justifié, il a le droit d'être agacé.

Le gros naze dont il parle, je suppose que c'est Gédéon. Comment Tommy, qui pèse maxi soixante kilos avec deux haltères dans les poches est-il venu à bout d'un Gédéon qui affiche le double sur la balance ? Si quelqu'un peut m'expliquer avant que je passe l'arme à gauche ? (T'inquiète, je ne vais pas crever, je veux simplement changer mon holster de côté.)

— Je t'écoute, dit Will avec une douceur funèbre dans la voix qui ne présage rien de bon pour ma santé physique. Qu'est-ce que tu fous ici ?

— Je suis ministre des carpaccios trop cuits et j'ai l'impression que des pièces à conviction pour mon enquête traînent dans les parages.

Sans déconner, c'est drôle comme réponse, non ? Pourquoi il est crispé des zygos ?

— Je ne te demande pas qui tu es, monsieur le sale flic Stanislas Goupil, dit-il en agitant mon portefeuille. Je veux savoir *pourquoi* tu es ici !

— Ce n'est pas correct de fouiller dans les papiers des gens. J'aurais pu cacher une photo de votre maman nue dans le lit de Macron, je suis sûr que vous n'auriez pas aimé contempler ce navrant spectacle.

— Ne mêle pas ma mère à tes conneries !

— Regarde qui j'amène ? plastronne son copain.

Will et moi tournons la tête dans une parfaite synchro. On pourrait penser que nous avons répété la scène pendant trois jours pour le pestacle de fin d'année. Non, non, je te jure, c'est de la pure impro.

Mon nouvel adjoint revient drivé par Tommy qui lui braque son joujou à pruneaux dans le dos, de quoi inciter à l'obéissance.

Gédéon n'est pas dans un état reluisant. Si je devais le revendre sur Le Bon Coin, j'indiquerais « à restaurer ». Je ne sais pas ce qui lui est arrivé à l'extérieur, mais le résultat ressemble à un jeu de massacre.

Il traîne une guibole déconnectée du reste de son corps, il soutient son bras gauche de sa main droite, son nez est épatant tant il est épaté, un œil est au beurre noir et l'autre au beurre persillé. Il marche courbé en deux comme si sa cage thoracique avait foutu le camp. C'est un Gédéon en vrac. Un Dégéon.

Tommy lui file un coup de pied dans le dos qui l'expédie direct sur le matelas de dames respectables qui gisent à quelques mètres. T'auras beau dire, cent vingt kilos d'un mec, même en sale état, pèsent toujours deux cent quarante livres. Et quand tu reçois deux cent quarante livres sur la tronche, faut sacrément aimer la lecture pour apprécier.

— Aïe ! crie la blonde.

— Ouille ! gueule la brune.

— Oumpf ! se plaint la rousse !

— Vous venez souvent ici ? dit la châtaine qui, malgré son doigt tranché, son coude cassé et sa joue aplatie, n'est pas insensible au charme de Dégéon.

— T'as croisé un trente-huit tonnes ? demandé-je à mon pote en vrac.

— J'ai percuté la Mini à vitesse maxi, dit-il entre deux souffles d'agonie. C'est solide, ces petites machines. Écrasé contre un mur, entre la tôle et le béton, j'ai perdu le bras de fer.

— Vos gueules ! brame Will.

Je pourrais enchainer par « Quoi nos gueules, qu'est-ce qu'elles ont nos gueules ? », pour enfiévrer l'ambiance, mais je renonce. Pas eu le temps de chauffer ma voix.

— C'est toi qui l'as mis dans cet état ? demande l'un à l'autre.

Duconnaud se redresse, fier comme s'il avait réussi à faire une bouclette à ses lacets seul comme un grand.

— Ouais ! je lui ai foncé dessus avec la bagnole.

— La bagnole ? MA bagnole ?

— Il allait se barrer. Je l'ai poursuivi et je l'ai écrabouillé contre le mur.

— Oh le con, il a écrasé ma caisse !

— Tu ne me traites pas de con ! rouspète son collègue.

Dégéon a beau être dans l'état d'un puzzle qui vient de croiser un ventilateur à la puissance max, il ne résiste pas à tempérer les exploits du mec qui ne veut pas être un connard (et pourtant, hein, entre nous… bref, passons).

— Il s'enfuyait ton pote. Il ne m'a pas écrasé, c'est moi qui me suis mis devant ses roues. Si je n'avais pas tenté de l'arrêter, à l'heure qu'il est, il serait à la terrasse d'un troquet sur le port de Nice.

Will tourne des yeux noirs comme une messe satanique vers l'autre âne bâté qui teinte son froc couleur marronnasse.

— T'as voulu te barrer ?

— Non… murmure-t-il. (J'écris petit pour exprimer son stress)

— T'AS VOULU TE BARRER ? (J'écris gros pour exprimer sa colère ; c'est de la littérature en 3D.)

Malgré le sérieux de l'instant, je ne peux pas me retenir de rigoler. C'est ma nature, même dans le drame, je vois du comique. Aussitôt, le harem se marre avec moi. C'est incroyable comme le rire peut être contagieux. Gédéon n'a pas la force, il se contente de cracher deux ou trois poumons.

— T'es vachement aidé ! dis-je pour attiser la zizanie. Il allait te dénoncer aux flics !

— Pas du tout ! se défend le trouillard. J'allais… je… mais je…

— Ta gueule ! On réglera ça plus tard.

Au cas où son pote ne comprendrait pas, il lui colle une baffe. Les choses sont claires.

— Qu'est-ce qu'on fait ? dit Tommy en frottant sa joue rouge tomate farcie. Dis ce que tu veux, j'exécute.

Oh la la, le lèche-croupe ! Prêt à toutes les bassesses pour redorer son blason ! Je te parie une paire de rollers contre une paire de rollmops que si l'autre lui demande de se teindre les glaouis en rose fuchsia, il le fait.

— Je sens qu'ils vont nous attirer des emmerdes, ces deux képis !

— Bien, p'tit gars, bravo pour l'odorat.

— Ta gueule !

Qu'est-ce qui l'énerve ? Que je le traite de « p'tit gars » ou que j'aie raison ?

Pour prouver qu'il maitrise la situation, le Ronaldo en costard tire un penalty dans mes côtes premières. But ! Il en pète deux d'un coup.

Puis, il entraine son collègue à l'écart. Il pense que nous n'entendrons pas puisqu'il n'est pas informé que je possède le sonar auditif d'un berger belge (l'animal, pas le gardien de moutons, une fois).

— Avec la lettre de la greluche et son doigt, les vieilles signeront, résume-t-il. En revanche, je dois savoir si ces flics sont venus par hasard ou s'ils soupçonnent quelque chose.

— C'est des fouineurs !

— Ce sont.

— Hein ?

— *Ce sont* des fouineurs. Puisque « fouineurs » est au pluriel, on ne dit pas « c'est », mais « ce sont ».

J'ai connu des ravisseurs tatillons sur la manière de séquestrer, exigeants sur l'art de bâillonner ou pointilleux sur la façon d'arracher les dents avec un pied de biche, mais des scrupuleux de la grammaire et de l'orthographe, c'est nouveau dans le dico !

— Les vieilles salopes nous ont dénoncés, continue l'analphacon. Elles z'ont pas bouclé leurs grandes gueules, elles s'en foutent qu'on ait kidnappé leurs voisines.

Mon Dieu que son langage est grossier ! Dès qu'il croupira sous les verrous (je n'ai aucun doute sur cette issue), je demanderai à Nanard Pivot de lui donner des cours de français.

Les éléments exposés éclairent en partie ma lanterne solaire. Les vieilles dames par terre ne sont pas étalées pour décorer les gravats, ce sont des otages. En lien avec d'autres mémés, dont tantine fait probablement partie. L'idée étant de les obliger à signer quelque chose qui intéresse ces messieurs. Si on peut appeler « messieurs » des mecs qui maltraitent les femmes. Je dirais plutôt des sous-merdes, mais ce n'est pas l'heure de créer la polémique.

- 7 -

À POIL AVEC DES RATS

On va les faire parler, dit Will.

— Tu veux que je m'en charge ? propose Tommy. Je connais des recettes sympas qui feraient jacter un muet qui a fait vœu de silence.

Si j'en juge par son air sadique, je n'en doute pas. Ce mec doit être abonné à *Torture hebdo*, le magazine du psychopathe en culottes courtes. À moins qu'il ne suive les fameux tutoriels d'Hannibal Lecter sur l'art de déguster le foie humain avec des fèves au beurre et du chianti.

Will réfléchit (deux fois de suite ? Fais gaffe, Coco, tu vas faire une entorse à ton neurone). La proposition de son complice le séduit, mais il aurait aimé avoir l'idée lui-même. Il est le boss, c'est lui qui sait. N'ayant pas mieux à suggérer, il se résout à accepter, malgré la poussée d'herpès qui émerge sur ses parties génitales.

— Mouais, vas-y ! Que ça ne dure pas des plombes, sinon je m'en occupe.

La phrase cheffaillonne pour reprendre l'ascendant.

— Pendant que tu les fais jacter, je vais voir l'état de ma bagnole. J'espère que tu ne l'as pas bousillée !

Tommy se liquéfie façon sirop de groseille. Je ne suis pas devin, ni de bière, mais j'ai le sentiment que la Mini est devenue totalement mini.

Will dégage comme un prince consort, mais qu'on rentre quand il pleut !

Tommy s'astique les paluches. C'est la partie du boulot qu'il préfère : faire du mal. Chacun son truc. Certains sont doués pour les pâtes à la carbonara, d'autres pour nettoyer les carreaux sans laisser de traces, lui, son point fort, c'est infliger de la souffrance. C'est son papa qui lui a appris. Il l'enfermait des nuits entières à poil dans une cave envahie par des rats affamés. Il y a perdu deux doigts de pied et le petit bout de chair qui aurait affirmé sa virilité s'il avait eu le temps de pousser à une taille visible à l'œil nu.

— Je commence par toi, m'informe-t-il.

— Comme c'est aimable ! J'aurais été jaloux de passer en second avant mon second.

Il me sort un regard dépourvu de la moindre intelligence. Il n'a pas compris ma phrase, il n'essaie même pas. Il remplace par le sourire d'une hyène centenaire atteinte d'une fistule urinaire. De loin, je le trouvais moche, de près, c'est trois fois pire. Son pif charnu est couvert de poils gris qui peinent à camoufler les excès de cubis de rouge qu'il écluse depuis son premier rot. Ses yeux sont minuscules, je n'arrive pas à distinguer si ce ne sont que des trous sans fond. Quand il parle, il dégage une rangée de chicots un peu plus sombres que de la réglisse. C'est pratique, il n'a pas besoin de se nettoyer les ratiches pour cacher les saletés. D'ailleurs, si j'en juge par son haleine (une sorte d'odeur de pet dans un égout), il ne se lave que les 29 février. Pas de bol, on n'est pas une année bissextile.

J'ai croisé des trucs moches dans ma vie, genre le cochon des mers, t'as déjà vu ? Cherche une photo, tu ne regretteras pas le voyage. Lui, c'est un cran au-dessus. Pitié, qu'on me mette un sac sur la tête, qu'on m'enterre vivant, qu'on me crève les yeux ! Si on me laisse devant cette erreur génétique, j'avoue tout, y compris l'inavouable.

— T'as peur ? demande Quasimodo.

— Uniquement quand vous me regardez. Je ne tremble pas parce que je suis timide, mais je flippe à mort.

— Tant mieux, ça m'excite.

— Quelle belle âme simple ! dis-je à Gégé[4]. La pétoche le fait grimper au rideau.

— Tu te payes ma tête ?

— Non, je ne saurais pas où la mettre, mes poubelles sont pleines.

L'abominable homme des merdes détache mes lacets et ôte ma chaussure. Il la balance derrière lui comme un Russe se débarrasse du litron de vodka qu'il vient de biberonner cul sec. Mollo, mec, faut respecter des pompes à cinq cents balles.

— Moi aussi je veux un massage, quémande Gédé.

L'autre tartuffe est insensible à l'humour gédéonesque. Il retire ma chaussette d'un geste sec et contemple mon panard avec l'œil du sculpteur qui cherche où donner un premier coup de burin dans son bloc de marbre. Il sort une paire de tenailles de sa poche et l'agite devant moi. Entre nous, faut pas être net pour se balader avec une pince, mais je ne lui dis pas, ça pourrait le vexer.

---

[4] Ça pourrait être fonctionnel le verbe *dijagéger* pour lui parler. Je dijagège, tu dijagèges...

— Il me fait penser à un gamin qui joue avec un hochet…

— En moins beau, précise Gédéon.

— T'es prêt à dérouiller ? sarcasme-t-il avec un sourire putréfié plus très frais.

— Ferme la bouche, lui conseille Gédéon, j'ai failli vomir mes trois derniers repas, vins et desserts compris.

L'autre nous snobe, concentré sur sa séance de manucure.

— Vois-tu Gédéon, si ce déchet humain non recyclable n'avait pas séché les cours du soir de barbarie, il n'ignorerait pas que la torture ne sert à rien. Sais-tu pourquoi ?

— Parce que tu vas raconter n'importe quoi pour qu'il arrête ?

— Parfaitement ! Qu'est-ce que tu en penses, espèce de moins que moins ?

Oui, je le tutoie. Il va me couper les ongles de pied, c'est un degré d'intimité suffisant pour se tutoyer.

— J'en ai maté des plus coriaces que toi, dit-il avec autant de cupidité que si j'étais un rouleau de P.Q. la veille d'un confinement.

— Je n'en doute pas ! Veux-tu que je prenne un air terrifié ? Je sais faire, j'ai suivi des cours de théâtre par hypnose.

Il élargit son globe oculaire de deux millimètres, ce qui, chez lui, est signe d'un étonnement intense.

— Pourras-tu arracher mon ongle en tirant d'un coup sec ? C'est une technique inventée par Bokassa, un tyran qui avait un gout très sûr. C'est peut-être un détail pour toi, mais pour moi, ça veut dire beaucoup, FranceGallé-je.

— Arrête ton blabla, s'agace-t-il. Ce n'est pas la peine de chercher à m'embrouiller. Tu feras moins le malin quand je t'aurai arraché tous les ongles !

— Sache mon gars que je me fous de mes griffes comme de ta première coloscopie.

— Je n'aurais pas aimé être la sonde qui lui a exploré le rectum, philosophe Gédéon.

Mon bourreau fait mine d'être serein comme un canari (clin d'œil réservé aux ornithologues), mais je sens que ma désinvolture perturbe sa concentration.

— Tu ne souris pas ? dis-je. Dommage. Personnellement, je trouve assez hilarant d'imaginer les cent vingt kilos de mon pote dans tes entrailles.

— Monsieur est un fanfaron. Tant mieux, j'ai horreur des geignards. À trois, j'arrache, on verra si tu fais toujours le mariole.

Il attrape mon panard. Et là, ce qui me frappe, ce n'est pas sa brusquerie, c'est la douceur de ses mains. Eh oui ! Je suis obligé de le reconnaitre, ce pithécanthrope barbare a les mains veloutées. Ne le lui répète pas, il voudra me passer la bague au doigt.

Pour l'instant, ce qu'il souhaite me passer au doigt de pied, ce sont les mâchoires de sa pince.

— Un… deux… dit-il posément, comme pour proposer du sucre dans le café.

— Trois !

Je lui coupe la chique, au podologue stagiaire. Il espérait me voir chialer, implorer, supplier, voilà que je l'insolente, il n'avait pas prévu.

— Excuse de t'avoir aidé, je croyais que tu ne savais pas compter jusqu'à trois.

— T'inquiète, on ne le répètera pas à ton pote.

Il n'est pas content-content. Pas du tout-du tout. Il pince un de mes orteils. Je ne voudrais pas me mêler de son bricolage, mais il avait parlé des ongles, pas des doigts de pied entiers. Non pas que j'y tienne particulièrement, j'en ai dix, un ou deux en moins, pas sûr que je fasse la différence. Mais j'aimerais être informé du programme chirurgical.

Ma réflexion podologique est sectionnée par Will Smith qui déboule comme un trop gros taureau au trot (répète ça à voix haute et à toute vitesse, ça exercera ton articulation).

— Qu'est-ce… commence Tommy.

Je ne saurai jamais s'il allait dire « que tu fais ? », « qui t'arrive ? » ou « que t'as foutu de mes slips propres ? », l'autre lui décoche une paire de baffes. Pif paf ! Une pour chaque joue.

— La prochaine fois que tu touches à ma bagnole, je t'arrache les…

- 8 -

LE GANG DES MÉMÉS

Qu'est-ce qui sera arraché ? Ses cheveux ? Ses ongles ? Les deux petits pois qui stockent ses cellules reproductrices ? Je n'en saurai rien, car il est coupé par une inopportune inhabituelle irruption inopinée. (Quatre mots à la suite qui commencent par « in », à moi la médaille des *Chiffres et des Lettres*.)

La responsabilité en incombe à un gang qui vient de pénétrer dans le resto. Je n'exagère pas, quatre personnes, c'est un début de gang, non ? À moins que ce soit une bande ? En tout cas, c'est suffisant pour organiser un gang-band.

Première particularité de la mafia qui déboule, elle est cent pour cent féminine. Deuxième : la moyenne d'âge est de quatre-vingt-deux ans et demi, à quinze jours près. Troisième : le gang est armé jusqu'aux dentiers et aligné par taille croissante. Ou décroissante. On dirait les Dalton.

Dans le rôle de Joe, Tantine. Oui, oui, oui, tu as bien lu. Mamie avec ses cheveux violets soigneusement coiffés est la plus hargneuse. Elle braque sa carabine vers les deux nazes. À côté d'elle, Jack brandit une grande poêle à frire en fonte. William secoue son déambulateur à roulettes et Averell agite un rouleau à pâtisserie en marbre blanc avec poignées en chêne. Sacrées mémés ![5]

Les M.I.B. ne s'attendaient pas à une telle apparition. Les secondes flottent dans l'air comme de la cellulite échappée d'une gaine de maintien.

— Regarde qui nous rend visite ! fanfaronne Will. Le club du douzième âge de Neuilly. Vous venez jouer aux dominos, les débris ?

— On fonce dans le tas ? dit Joe.

— Je n'ai pas compris ! dit Jack.

— C'est qui, les débris ? dit William.

— Quand est-ce qu'on mange ? dit Averell.

Ah non, ça, c'est dans Lucky Luke. Mémé-rouleau, elle, c'est :

— Je crois que c'est nous, qu'il traite de débris.

Tommy empoigne son calibre qui surchauffe d'impatience de cracher ses valdas.

— Je vais faire de la purée de vieux !

— Du calme, Charles-Henri !

Charles-Henri ? Non ? Ne me dis pas qu'il s'appelle Charles-Henri l'espèce d'humanoïde décomposé !

— Elles ont eu l'amabilité de venir jusqu'à nous, continue l'autre, elles vont bien gentiment signer les papiers. Pas vrai, mesdames ?

— On ne va rien signer du tout ! gueule Tantinette. On vient mettre fin à votre business et délivrer nos copines.

---

[5] C'est une longue tradition, qui remonte à mon précédent roman, me débrouiller comme je peux pour glisser le titre du bouquin dans le texte. Tous les écrivains n'ont pas ce talent, je te prie donc d'apprécier cet effort.

— Exactement, crie Mamie-Déambulateur. Vous allez relâcher ma voisine tout de suite !

— Sinon, on cogne ! gueule mémé-poêle à frire en brassant l'air avec son arme à crêpes.

Un laps de temps d'environ presque un peu moins s'écoule dans un silence sépulcral qui effraierait un élevage de zombies. Les visages se tournent vers l'octogénaire au rouleau.

— Je n'ai personne à libérer, je suis là par solidarité avec les copines.

Une tension, ni hyper, ni artérielle, inonde le bâtiment désaffecté. Le clan des mémés trépigne dans le Damart en polyamide. Côté gangsters, une poignée de neurones égarés cherchent l'attitude à adopter. Chez les otages, l'ô désespoir dégonfle de voir mamies et tata jouer *Expendables*. Quant à Gédéon et moi, on ne boit pas le thé parce que personne n'a la courtoisie de nous en proposer, mais nous sommes détendus comme les chaussettes de pépé après cinquante lavages à quatre-vingt-dix degrés.

Qui va dégainer le premier ? Le duel *Il était une fois dans la banlieue ouest* bouillonne à petit feu. Passe-moi un harmonica que je joue de l'Ennio Morricone !

— Laisse-moi les buter ! Laisse-moi les buter ! Laisse-moi les buter ! s'excite Tommy qui a avalé un disque rayé.

Comme on n'est pas à Hollywood, on ne reste pas deux plombes les yeux dans les mirettes à décider qui le premier appuie sur la gâchette.

La confrontation se déroule en une sorte de ballet chorégraphié par Tarantino. Chacun se meut-meut à une vitesse démentielle au ralenti (démerde-toi pour visualiser).

C'est mémé Averell qui ouvre le bal. Elle sort d'un chariot à commission un radiocassette géant rescapé des années quatre-vingt. Elle le pose par terre, sous le regard ébahi des Men In Black. D'un index tremblotant, elle appuie sur le bouton lecture.

— C'est parti mes kikis, dit-elle.

Un silence envahit la pièce, uniquement troublé par le déroulement de l'amorce de la cassette et le frottement des charentaises de mamie qui retourne à petits pas près du groupe.

On navigue dans l'irréel. Elle s'installerait pour éplucher une botte de poireaux, ça n'étonnerait personne.

Je ne suis pas né de la dernière pluie de choucroute, j'en ai vu des trucs saugrenus, eh ben là, je n'en crois pas mes magnifiques yeux bleus.

Ni mes oreilles lorsque la voix chaude et veloutée de Brassens se fait entendre. « ♫ Au marché de Brive-la-Gaillarde, à propos de bottes d'oignons... ♫ »... Nom d'un anar mon Nanard ! *Hécatombe*[6], l'un des innombrables chefs-d'œuvre immortels du chanteur sétois.

Les M.I.B., ce coup-ci, ce n'est plus ébahis qu'ils sont, c'est ébahos ! Ébahas ! Et babas aussi ! Mal leur en prend, ils auraient mieux fait de rester cons et centrés pour affronter le quatuor de gaillardes prêtes à en découdre. Non pas en se crêpant le chignon, comme dans la chanson, mais en prenant l'initiative du déclenchement des hostilités.

---

[6] Paroles et musique : Georges Brassens. Warner Chapell Music France, 1952. Le saviez-tu ? En 2011, les tribunaux ont condamné un homme qui avait chanté cette chanson de sa fenêtre à trois policiers. Quarante heures de travaux d'intérêt général. J'imagine que ce bon Georges se régale dans son petit coin de paradis. Savoir que sa chanson, 70 ans après sa création, continue de semer le trouble chez les pandores doit être jubilatoire.

Tantine fait craquer son arthrose, fléchit la prothèse de son genou, assouplit l'articulation de son index et tire un coup de chevrotine. Un big baoum résonne dans les ruines du resto. La mitraille éclate la main de Tommy. Le flingue s'envole dans une gerbe de raisiné, accompagné des cinq doigts. Qu'il est beau ce feu d'artifice !

Avec un réflexe dont on ne la soupçonne pas capable, Mamie-Gamelle récupère les merguez dans sa poêle à frire. Ils garniront avantageusement son prochain couscous.

— Oh la conne ! Oh la conne ! Oh la conne ! piaille le mou à cuire en sautant comme s'il élevait des scorpions dans son calcif. Elle m'a niqué la main !

— Il va avoir du mal à se curer le nez, nargue Gédé.

En perdant ses doigts, le caïd en polystyrène renonce également aux muscles de son sphincter. En cinq secondes, il vide sa fosse septique intestinale dans son bénouze.

— Il a chié dans son froc ! se moque mémé-William.

— Venge-moi ! Tire dans le tas ! gueule l'estropié bien emmerdé, au propre comme au figuré, tout en essayant d'empêcher son sang de gicler.

Will braque son pistolet trop tard. Grande-mémé-rouleau expédie son aplatisseur de pâtisserie façon nunchaku. Le rondin de marbre virevolte avec grâce. C'est beau comme un ballet du Bolchoï mis en scène par Poutine. Il termine son parcours plané dans le nez du gangster qui se transforme en betterave archi cuite (le nez, pas le mec).

Les deux cons ont à peine le temps de gober un bol d'air qu'une averse de conserves leur tombe dessus.

Les vieilles sortent du chariot un assortiment de boites de pois chiches, haricots verts et choux de Bruxelles qu'elles expédient par vol express. C'est la promo du jour. Choucroute et cassoulet traversent l'espace aérien. C'est *L'Empire de la conserve contre-attaque.*

— J'ai faim ! salive Gédéon.

Il est cassé en douze, il murmure plus qu'il ne parle, il est blanc comme un linge (un linge antillais toutefois) et son estomac réclame de la bouffe ! C'est un cas, lui.

« ♫ Matraque à grands coups de mamelles, ceux qui passent à sa portée ♫ », chante Tonton Georges. Pas de nichons au programme, mais des tirs nourris à base de raviolis, des giboulées de petit salé aux lentilles, des massacres parfum choux de Bruxelles aux lardons.

Une bataille qui restera dans l'histoire de la police et de la cuisine. Parmi les catastrophes humaines, on a connu Verdun et le fast-food, à partir d'aujourd'hui, s'ajoute le Trafalgar de la bouffe en boite. Mémorable.

Will n'a pas l'intention de se laisser dominer. Il récupère le jouet de son pote manchot pour une séance de tir au pigeon !

Manque de bol, un Uzi contient vingt balles. Exercice de calcul : Tommy a appuyé une seconde sur la gâchette. À mille-deux-cent-cinquante coups par minute, combien reste-t-il de balles dans le chargeur ?[7]

Il n'a pas pensé à remettre des munitions, c'te quiche ! Quand je dis qu'il est neu-neu comme une bretelle à slip, tu vois que ce n'est pas de la médisance ?

Pour ne pas laisser aux mamies tout le mérite de la victoire (j'ai une réputation à tenir), je porte le choc ultime. J'attrape une planche qui gisait dans les décombres et je m'en sers pour donner une jolie claque au grand con. Paf ! Elle reste accrochée. Zut ! Un

---

[7] Pour les nuls en calcul mental, la réponse est zéro.

clou de vingt centimètres planté au bout lui a traversé les deux joues !

— Console-toi, dis-je au crucifié qui hurle à la mort. Avec ces deux trous, tu es équipé d'un système d'aération parfait pour ne plus puer de la gueule.

J'aurais aimé entendre sa réponse, Mamie-William ne lui en laisse pas le temps. Elle lui assène un coup de déambulateur sur la cafetière. Dodo, l'enfant do !

Quand le chefton lira mon rapport, il m'enverra en vacances prolongées à Sainte-Anne pour mythomanie. De pareilles échauffourées, c'est aussi rare que de voir Amélie Nothomb sans chapeau embrasser Philippe Manœuvre sans lunettes noires.

Une minute cinquante-cinq, c'est la durée du morceau. C'est quasi le temps que les quatre Mémésquetaires ont mis pour terrasser les deux trous du fion.

« ♫ Leur auraient même coupé les choses : par bonheur, ils n'en avaient pas ♫ », concluent Georges et les vieilles en chœur.

« ♫ Ah ah ah ah putain de toi ! ♫ » pourrais-je enchainer, mais c'est une autre chanson.

Un instant d'apaisement s'installe. Les harpies se congratulent. Elles ont réussi leur Apocalypse Now. Les deux abrutis sont assommés, étalés dans les gravats comme deux déjections canines dans un caniveau. Les otages se détachent, se déscotchent, se déballent, mutuellement. Elles retrouvent le sourire.

Pour ma part, je remets ma chaussure après avoir recompté mes orteils. Je vérifie que l'autre n'a pas eu le temps d'en arracher un. Gégé récupère les boites de bouffe en clopinant.

— On ne sait jamais, dit-il.

- 9 -

ÉPILOGUE

Combien de sucres ?

— Quatre seulement, s'il vous plait. Je fais attention à ma ligne.

— Vous pouvez vous permettre, vous êtes encore bel homme, dit la mamie.

Gédéon rougit. Les mamies l'ont soigné, bichonné, mercurochromé, bandé (avec des bandages, s'il te plait, pas de sous-entendus graveleux) pour le remettre en état. Entre leurs mains, il est comme un coq en pâte. Or, le coq et les pâtes, Gédéon adore.

— Ho, ho, ho, Géraldine drague ! rigole la tantine !

Cette fois, c'est la mémé qui rougit comme un coquelicot. Près du corps athlétique de mon adjoint, elle aimerait oublier qu'elle fêtera ses quatre-vingt-huit ans dans trois semaines.

Tout le monde est assis, qui par terre, qui sur de vieilles caisses de bordeaux millésimé. Mémé-Caddie, plus délicate du fessier, s'est installée sur Will qui est ficelé avec son acolyte comme deux saucissons siamois. S'il rouspète, mamie le remet dans le droit chemin avec une paire de baffes.

Les grands-mères sont venues au combat avec un thermos de thé à la menthe et un Tupperware de cookies maison que je ne te dis pas comme ils sont bons. D'ailleurs, j'en mange un deuxième avant que Gédéon vide la boite. « Vous avez raison, récupérez des forces », a murmuré Géraldine en lui caressant ses biceps plus épais qu'une cuisse de pur-sang.

Tandis que nous sirotons l'infusion, les Daltonettes racontent comment elles en sont arrivées à nous sauver, si ce n'est la vie, du moins mes doigts de pied.

L'histoire débute avec un promoteur immobilier qui décide de mettre la main sur l'immeuble dont elles sont chacune copropriétaires. Son projet : transformer le lieu en résidence haut de gamme, avec piscine à tous les étages, sonnettes à double carillon et paillasson en poils de zgeg.

Manque de bol, aucune n'a été sensible au tintement des euros ni au raffinement des essuie-pieds. Elles ne souhaitent pas quitter ce lieu où elles ont programmé de couler leurs derniers jours heureux.

— C'est un havre de paix et de sérénité où nous partageons les petits fours et les émissions de Michel Drucker, dit Mamie-Poêle dans un langage poétique qui ferait merveille sur le calendrier des postes.

Elles ont donc refusé de vendre sur l'air de « Tu peux te carrer tes euros où je pense » que le promoteur n'a pas entendu de cette oreille ni de l'autre.

Si ta cervelle n'est pas remplie de tapioca, tu auras compris que l'entrepreneur est l'un des troufignons écrasés sous les fesses de Mamie-Caddie. Il se nomme Désiré Lamorue ce qui est nettement moins impressionnant que Will Smith. Retire-lui ses lunettes noires, il devient aussi banal qu'une invasion de morpions dans un bordel des Années Trente.

Son complice, Charles-Henri Planquin, est son beau-frère. Titre auquel il tient particulièrement étant donné que c'est son unique possibilité d'être « beau ».

Pour parvenir à ses fins, le duo commence les pressions sur les vieilles pour les obliger à vendre leur logement à prix d'ami.

— Ils téléphonaient au milieu de la nuit, ils ont détraqué l'ascenseur, saccagé les boites à lettres et le local des poubelles, raconte tantine.

Tiens donc, le fameux local ! Tout compte fait, le dirlo ne pédalait pas dans le couscous quand il annonçait un souci du côté des ordures.

— Nous avons résisté, dit mémé-Jack, ce n'est pas parce qu'on est vieilles qu'on se laisse faire. Pour qui nous prennent-ils ces morveux ?

Les assaillants sont alors passés à la vitesse supérieure. Ils ont enlevé les résidentes les unes après les autres. Si les anciennes ne signaient pas l'abandon des logements, ils leur feraient subir des outrages qui risquaient fort d'être les derniers.

— Vous n'avez pas porté plainte ?

— Ils nous auraient tuées ! répond Tantine.

— Je ne crois pas, dit Mamie-William, ils sont plus bêtes que méchants.

— Bêtes, je suis d'accord, pas méchants, je n'en suis pas sûre ! conteste l'estropiée en montrant sa main à quatre doigts.

— Le moche a voulu me violer, se plaint une autre avec un long soupir de regret…

— Ils nous ont tapées, insultées, jetées dans les gravats, traitées comme des chiennes, râle la troisième.

— Pour des non méchants, le bilan commence à être lourd.

— C'est vrai que…

Gédéon attrape la poêle en fonte et donne un grand coup sur la tête de chacun des mecs. Pourquoi ?

— Pour leur apprendre à respecter les vieux !

Dans ce cas, c'est justifié. Il peut même taper deux fois.

— Comment êtes-vous arrivées jusqu'à nous ? m'enquiers-je. Vous passiez dans le quartier par hasard ?

— Oh la la, c'est une longue histoire, dit Tantine, ravie de raconter comment elle s'est improvisée cheffe de bande.

— Si c'est long, je vais reprendre un cookie, dit Gédéon.

— Il n'y en a plus. Voulez-vous des pets-de-nonne maison ? demande Mamie-Déambulateur en fouillant dans son cabas.

Gédéon me lance un regard interrogatif. Il ne connait pas les loufs de religieuses, il aimerait être rassuré sur le parfum de ces pâtisseries. Je l'encourage à tester. S'ils sont aussi bons que ceux de ma maman, il ne regrettera pas le voyage.

— Après que vous soyez partis, commence-t-elle, j'ai entendu un gros choc. Je regarde par la fenêtre et que vois-je ? Cet hurluberlu (elle désigne Tommy-Charles-Henri) qui tape du poing sur le capot de ma voiture.

Le Hummer garé devant l'immeuble, trois tonnes, trois cents chevaux, trente litres au cent, c'est le sien ? Punaise ! Elle ne fait pas dans le discret la tantinette !

— Je descends leur montrer de quel bois que je me chauffe, mais au rez-de-chaussée, je trouve le gardien étalé par terre. Il leur avait fait part de son inquiétude sur la disparition de plusieurs résidentes. Ils l'avaient violemment secoué pour lui dire de se mêler de ses affaires.

OK, c'est la raison pour laquelle les M.I.B. sont sortis énervés de l'immeuble.

— Notre pauvre gardien chamboulé, c'est la goutte d'eau qui fait déborder la moutarde qui monte au nez dans le vase, explique la tata.

Dans l'excitation, elle s'emmêle les pinceaux, mais tu auras corrigé toi-même, car tu n'es pas si idiot[8] que tu en as l'air.

— J'ai alerté les voisines tandis que ces deux zozos se disputaient pour je ne sais quoi.

Moi je le sais, et toi aussi si tu n'as pas perdu le fil de ce que je t'ai raconté.

— On a décidé de les suivre, on a vu que vous les suiviez, donc on vous a suivis. Vous suivez ?

Ce gang, c'est pas de la gnognote à mémés. Faut pas les pousser dans les orties ! La révolte gronde dans les gaines-culottes.

— Bravo Tantine ! s'exclame Gédéon en avalant le dernier pet-de-nonne. On ne vous a pas repérées sur la route !

— Qu'est-ce que tu crois, je ne suis pas une débutante ! Si tu savais le nombre de fois où j'ai filé mon mari qui allait chez sa maitresse ! Paix à son âme !

À sa façon de sourire à pleines fausses dents, je me demande si ce ne serait pas elle qui aurait envoyé son pauvre défunt dire bonjour aux vers de terre. Passons, y'a prescription.

— En revanche, après Les Mureaux, vous avez accéléré, je vous ai perdus de vue ! Comme je n'ai pas réussi à vous rattraper,

---

[8] Je pourrais écrire idiot.e, c'est la mode, sauf que toi, ma Lapinette, tu n'as pas plus l'air que la chanson du crétinisme, donc je laisse ce privilège aux messieurs. Pas de parité. Point.

on est sorties à Épône, car une petite fille de Maria habite dans le coin.

Maria me fait un coucou discret de la main pour que je sache que c'est d'elle qu'il s'agit. C'est une petite grand-mère pas plus grande que ça, proche du siècle, qui respire la douceur, la gentillesse et le gâteau aux noix. Elle a des joues appétissantes qui donnent envie de la bisouter. Enchanté, grand-mamie !

— Après le pont, on a vu leur voiture garée devant le restaurant. Vous connaissez la suite.

Oui, on connait.

- 10 -

ET PIS LOGUE[9] ENCORE

Gédéon a pris le volant pour le retour. Si j'avais su qu'il avait passé son permis à bord d'une Formule 1 sur le Paris-Dakar, j'aurais probablement conduit moi-même. Les vingt premiers kilomètres, soit deux minutes trente de trajet, je me suis cramponné à la ceinture et j'ai envoyé mes dernières volontés à maman. Puis, petit à petit, l'estomac délabré et l'infarctus assimilé, je me suis habitué. Les véhicules que nous croisons, eux, ont plus de mal à supporter son pilotage mortifère. J'en ai même vu un prier Saint-Christophe à genoux sur le tableau de bord. Faut le faire !

— Le directeur était content de l'issue de cette mission ? demande-t-il en passant la cinquième sur la bande d'arrêt d'urgence.

— Égal à lui-même : il savait que ce n'était pas une simple histoire de poubelles ; il m'a confié le dossier, car il n'avait pas le temps de s'en occuper ; il l'aurait mieux géré que nous ; il informe la ministre qu'une fois de plus, il a fait honneur au prestige de la police en réglant cette affaire.

---

[9] Ne cherche pas dans le dico, ça ne veut rien dire. Juste, je trouve marrant.

— Il est gonflé !

— Une vraie baudruche. C'est pourquoi je lui ai annoncé que sa tante a été butée dans la castagne.

— Qu'est-ce qu'il a dit ?

— Euurrff, euuurfff, eurrrff ! Comme je ne pratique pas les massages cardiaques sans fil, je l'ai abandonné à son asphyxie.

— Tu ne le rappelles pas pour démentir ?

— Je l'informerai demain au bureau. Je me réjouis de savoir que son ulcère va le torturer quelques heures.

Gédéon éclate de son rire monumental. Aussitôt, les voitures qui nous précèdent se jettent sur le bas-côté. Un 38 tonnes fait demi-tour et rentre chez lui à contresens. La voie est dégagée, Gédéon accélère. À mon grand étonnement, car j'ignorais que notre véhicule pouvait franchir le mur du son.

— Pourquoi t'es flic ? dit-il aussi décontracté que s'il était sur un manège réservé aux moins de trois ans.

La question à deux balles. Celle que tout le monde se pose. Si tu es toubib, maçon ou paysagiste, personne ne t'interroge, ce sont des professions « normales ». Poulet, on se demande. C'est presque une maladie honteuse. Oh la la, le pauvre, il l'a chopée tout petit, on n'a pas réussi à le soigner.

— À cause de mon père, mais c'est une longue histoire que je te raconterai quand tu seras grand[10]. Et toi ?

— Je rêvais d'action et d'aventure. Je me voyais poursuivre la vermine et dégommer le dur à cuire. Comme au cinoche, quoi.

— Tu en as pensé quoi de cette première mission en commun ?

---

[10] Comme je te l'ai déjà dit, il faut que tu lises *20 000 balles pour mourir*. Je ne voudrais pas spoiler, mais je crois que Stan y parle de son père. Ça reste entre nous, hein ?

— Je suis déçu parce que je n'ai pas utilisé mon flingue, mais on s'est bien marrés. Ça me plairait de bosser avec toi en permanence.

— Tu veux devenir mon adjoint attitré ?

— Quelque chose me dit que ça devrait coller, on fonctionne pareil, toi et moi.

— C'est possible. OK, en rentrant, je fais une demande. T'es content ?

— Yes ! On va s'éclater, tous les deux.

— Je te préviens, si ça le fait pas, je te retourne à l'expéditeur et je demande un remboursement.

— Si je fais une connerie, tu m'engueuleras ?

— Plutôt deux fois qu'une !

— Tu ne vas pas profiter de la situation pour coucher avec moi ?

— Normalement, non, mais on ne sait jamais. Par sécurité, évite de te promener à poil dans les bureaux.

— On aura des notes de frais pour la bouffe ?

— Ah oui ! comme dirait Agnès J.

— Je signe. Tope-là patron !

D'un coup de main, il me déboite l'épaule et recommence à rire. Le pare-brise explose, on termine le voyage les cheveux au vent. La frime. Avec des moustiques collés sur les gencives. La honte.

FIN

**(Tourne vite la page, mon Lapinou,
il y a encore plein de trucs supers à lire !)**

Le Méméscope

Le bureau du **SRPG** (Surveillance des Romans Policiers de Goupil) est chargé de vérifier que les lecteurs lisent correctement les livres de Goupil de la première à la dernière ligne.

Afin de vérifier que tu connais Sacrées Mémés sur le bout des orteils, merci de répondre aux questions superflues ci-après :

a) Dans ce roman il y a en moyenne ?
▶ 2,5 phrases par paragraphe ? ▶ 4,5 caractères par mot ? ▶ 12 mots par paragraphe ?

b) Comment Stanislas nomme-t-il ses lectrices et lecteurs ?
▶ Mes Goupilous ▶ Mes Lapinous ▶ Mes minous-minous ▶ Mes J'aime tes genoux

c) Laquelle de ces affirmations est vraie ?
▶ Un Micro-Uzi tire 1250 coups minute ▶ Sur le string de Manou, il est écrit « Laissez cet endroit comme vous l'avez trouvé en entrant » ▶ Le connard veut arracher les ongles de Stan avec une pince à épiler.

d) Qui Amélie Nothomb sans chapeau pourrait-elle embrasser ?
▶ Goupil sans caleçon ▶ Emmanuel Macaron sans Brigitte ▶ Philippe Manœuvre sans lunettes ▶ Gédéon sans hésiter

e) Que mange Gédéon avec le Gang des mémés ?
▶ Des fraises gariguettes ▶ Des pets de nonne ▶ Un camembert normand

f) Qui a dit : « *Sacrées mémés* est le polar le plus barré depuis l'invention du caleçon à double fond » ?
▶ Sherlock Holmes ▶ Hercule Poirot ▶ Jules Maigret ▶ Stanislas Goupil

Vous voulez connaître les solutions à ces questions ?
Envoyez un mail à l'adresse suivante : goupil.auteur@orange.fr.
Goupil vous répondra personnellement lui-même en chair et en os.

J'ai écrit **SACRÉES MÉMÉS** spécialement pour faire découvrir la rencontre du commissaire Goupil et de l'inspecteur Gédéon. Si vous avez aimé mes personnages, mon style, mon univers, écrivez-moi. J'aime papoter avec mes lectrices et lecteurs. Je partagerai avec vous mes projets d'auteur, je vous enverrai des infos exclusives et des cadeaux.

Voici mon mail : Goupil.auteur@orange.fr Je vous attends.

Et si vous voulez en lire encore plus, découvrez 20 000 balles pour mourir, la grande aventure (276 pages) de Goupil et Gédéon.

- Pourquoi un sérial killer met-il 20 000 €
dans les poches de ses victimes ?

- Un vendeur en quincaillerie
peut-il écrire des romans cochons ?

Est-ce possible d'échapper à la mort
en se cognant un doigt de pied ?

Comment interroger cinquante mille suspects ?

Un commissaire peut-il fracasser les vertèbres d'un
chauffeur de taxi avec un parpaing ?

**VOUS AUREZ LES RÉPONSES À CES QUESTIONS
SI VOUS LISEZ 20 000 balles pour mourir !**

20 000 balles pour mourir
La première grande enquête de Goupil et de Gédéon.

Un roman policier avec de l'action, du suspense, des personnages pittoresques et beaucoup d'humour.

Découvrez quelques extraits ci-après.

Extrait n° 1 : L'arrivée de Gédéon

Tout a commencé par un cadavre. Et puis un deuxième. Deux meurtres dans un pays qui en aligne huit cents par an, c'est peanuts, je ne conteste pas. Sauf que les macchabées ont une particularité : ils ont été assassinés dans des circonstances identiques à quelques jours d'intervalle. Identiques comment ? Identiques comme ça : tous les deux dans la rue, c'est banal, on est d'accord. Chacun avec une balle au milieu du front, c'est un petit peu moins banal, sans être exceptionnel, je l'accorde également. Mais avec une enveloppe de papier kraft qui contient vingt mille euros en espèces in the pocket, c'est du jamais vu !

Le parfum d'hémoglobine de ces cadavres qui grimpe dans mes narines me donne de l'entrain. Je fredonne *« Hello, Globine, well, hello, Globine… »* sur l'air de *« Hello Dolly »*. Ce n'est pas aussi musical que la trompette d'Armstrong, mais dans le genre berceuse, ça le fait. Je recommande de la chanter au coin de la cheminée pour endormir les mômes.

Le mystère, j'aime, surtout quand il baigne dans le raisiné. Ça m'asticote l'imagination, ça m'agace l'encéphale, ça me tracasse la jugeote, ça me gratouille là où ça chatouille, comme dirait ce sacré malin de docteur Knock. Je n'y peux rien, c'est dans les gènes que mon vieux a mélangé avec ceux de ma mère un soir de culbute aérienne.

J'étais plongé dans cette réflexion sanguinolo-musicalo-héréditaire lorsque j'ouïs (mon point faible) un organe que d'aucuns, aussi mélomanes qu'une coquille de bulot, qualifieraient de vocal sous prétexte qu'ils entendent trois notes de musique. Ne jamais contrarier les imbéciles, ça risque de les rendre intelligents.

Trois notes à l'heure où le rossignol aimerait siffler sans se faire casser ses mini-roupettes à plumes. Trois do-ré-mi baignées d'un flot de paroles dont j'ai du mal à saisir le sens… Que je te détaille le lyrisme… ça fait… : « *Dans la cité des rosiers / Y'a des filles qu'ont un casier / Dans la cité de la gare / Y'a des filles dans mon plumard / Dans la cité d'ma grand-mère / Y'a des filles vach'ment mammaires / Partout, y'a des filles, y'a des filles, y'a des filles et des tas d'filles.* »

Si je ne me trompe, la préoccupation majeure de l'auteur de ce chef-d'œuvre concerne les filles. Même sans siéger à l'Académie, n'importe quel analphabète appréciera la portée hautement littéraire de cette chanson (eh oui, il semblerait que ce soit une chanson. Y'a des procès qui se perdent !). Faire rimer gare avec plumard, grand-mère avec mammaire et pourquoi pas pognon avec troufion, ce n'est plus de la rime riche, c'est de la rime au RSA.

Le volume sonore provient du couloir et augmente à grands pas. Pas besoin d'être Haroun Tazieff pour deviner que le séisme oratoire et malgré tout humain se dirige vers ici. Je n'ai plus le temps d'établir une distance de sécurité entre les vocalises et mon système auditif. L'affrontement avec l'organe se rapproche. J'entends encore « Les filles qui ont un cul, on les appelle des quilles. Les quilles qui ont un f, on les appelle des filles » (je ne peux pas l'inventer, un truc pareil, pas vrai ?) À l'écoute d'une telle élucubration lexicale, je reste coi, ébahi, soufflé ou désarmé, je ne sais pas, en tout cas, je reste. Je stationne. Jusqu'à ce que la porte s'ouvre sous la modeste poussée d'un 46 fillette force 8 sur l'échelle de Louboutin.

Extrait n° 2 : **Le point sur l'affaire**

— La nuit dernière, 11 mars, villa Guizot, toujours dans ce quartier, c'est le corps de Bastien Lecouvreur, écrivain de romans érotiques, qui est découvert. Décédé à 3 h 55 d'une balle dans la tête. Vingt mille euros lui z'aussi. Nous sommes détenteurs de trois macchabées abattus par balle avec des pépettes dans les fouilles. C'est un pistolet semi-automatique qui a abattu les deux premiers et je te parie une partie de ping-pong contre les parties de King Kong que le troisième s'est fait souffler avec la même arme.

— Un Beretta ?

— Un pétard moins classique d'après la balistique. Ils continuent les recherches et nous tiennent au courant comme disent les mecs branchés sur triphasé. Attends, je vérifie un truc.

Je pianote sur l'ordi à la vitesse d'un cheval au galop qui veut visiter le Mont-Saint-Michel avant l'heure de la fermeture.

— C'est ce qu'il me semblait ! je dis pour moi-même et pour Gédéon en même temps (et pour toi aussi mon lapin, je ne vais pas te larguer dans la nature sans partager les infos). Je te pose la question : si ton niveau culturel dépasse les œuvres complètes de *Oui-Oui*, as-tu remarqué un détail étrange ?

— Tu as changé de chaussettes ? humorise-t-il

Constatant mon absence de réaction, il tente un rattrapage avec une réponse supposément intelligente :

— Les victimes ne sont que des hommes ?

— Tu as séché combien d'années d'études à l'école de police pour le découvrir, chère loque ?

— Moque-toi ! N'empêche que les tueurs en série s'attaquent majoritairement à des femmes. Le nôtre, non.

— Dans l'état actuel des choses, rien ne prouve que nous ayons affaire à un serial killer, je le retoque du tac au tac sans un tic en suçant un tic-tac.

— Rien ne prouve, mais ça y ressemble. Trois modes opératoires semblables, trois fois la même signature, c'est un début de série. La saison 1, si je peux me permettre ce rapprochement.

— Tu peux, de toute façon, ce n'est pas de cela que je voulais parler. Tu n'as pas remarqué un curieux détail très curieux ? doublé-je l'adjectif pour renforcer l'angle énigmatique de la question.

— Ton Q.I. au-dessous du niveau de la mer ? Je l'ai constaté depuis longtemps. Je ne t'en cause jamais par respect pour la femme et les enfants que tu auras peut-être un jour ! nargue monsieur l'adjoint.

Il se permet des privautés, l'homme des gros moignons. Si je le laisse continuer sur cette pente savonneuse, il ne tardera pas à me donner ses baskets à cirer.

— Les enfants, j'en ai déjà, ce sont ceux que tu considères être les tiens. Ton épouse ne te l'a pas dit pour ne pas froisser la miette de virilité qu'il te reste, perfidé-je.

— Accouche ! C'est quoi le curieux détail très curieux ?

— Un capitaine tué rue des Colonels Renard ; un horticulteur, rue des Acacias ; un auteur dans une rue au nom d'écrivain. Si c'est une coïncidence, je veux bien être changé en Chantal Goya dis-je en me mettant debout, bien que je ne m'appelle pas Jean-Jacques.

Je devrais le prendre en photo, le Gédénouille, il est scotché au plafond. Moi, le roi de la déduction fiscale, le flic qui a envoyé Maigret au chômedu anticipé, le Hercule Poirot vinaigrette du 36 (anciennement quai des Orfèvres, aujourd'hui, rue du Bastion, mais toujours le 36) je colle sous son pif un curieux détail très curieux qui est effectivement curieusement curieux.

— Purée, j'avais pas fait gaffe ! Tu crois que je suis prêt pour l'Ehpad ?

— Quatre abrutissants le matin, un suppo le soir et les couches antifuites, voilà ce qui t'attend, cher grabataire. Dommage, si jeune, si beau, si indispensable !

— Déconne pas, tu me fais flipper !

— Mon chéri (la familiarité ne fait jamais de mal dans les relations professionnelles ; les patrons qui refusent des augmentations le confirmeront) résous-toi à cette réalité, tu as dépassé l'âge limite pour inventer le moteur à flatulences.

Il reste un moment stoïque, aussi consterné qu'un mec fiévreux qui constate trop tard qu'il a confondu une horloge comtoise avec un thermomètre anal.

— T'as bougrement raison, finit-il par admettre.

— Je sais, je suis un génie de l'observation. Je n'ai pas de mérite, je suis né avec ce don. Déjà minot, je faisais la différence entre une tétine de biberon et les seins de maman les yeux fermés et la bouche ouverte.

— C'est le hasard ? Je parle des rues, pas des nénés de ta mère.

— Un hasard qui confirme que nous sommes en présence de meurtres pas ordinaires, dis-je.

Extrait n° 3 : **La rencontre d'un témoin**

Gédéon fait un je-m'enfoutiste geste de la main signifiant qu'il se carre notre réprobation dans le conduit par lequel sont évacués quotidiennement les résidus de son alimentation. Puis, il inspecte comme un inspecteur, il furète comme un fureteur, il fouine comme un fouineur.

— Ne faites pas attention à mon camarade, votre robe de chambre bleu layette et vos bigoudis rose bonbon le perturbent, ils lui rappellent son arrière-grand-mère.

— Madame, nous ne sommes point z'ici pour vous ennuyer, sachant ô combien vous vivez un drame, dis-je pour l'amadouer, étant donné que je le suis énormément, doué. Nous sommes t'ici pour comprendre.

— Comprendre quoi ?

Sa voix s'est adoucie. Elle a probablement avalé une pastille tilleul/Lexomyl. À moins que ce soit la technique de la comparaison qui ait fonctionné. J'explique : quiconque croise une bouse d'éléphant et une crotte de caniche, trouvera l'étron canichéen plaisant. C'est un des grands mystères de la vie. Dans les duos de flics, c'est pareil. Il y a une bouse et une crotte. Un gentil et un méchant.

La crottinette, le gentil, tu l'as deviné si tu n'es pas aussi rabougri du cervelet que tu en as l'air, c'est bibi. Avec mon regard velouté, un charisme que l'Académie des César m'envie et mes mots réconfortants, la personne interrogée me trouve tout de suite fort sympathique. Elle a raison, je le suis.

— Ce qui a pu arriver à votre mari, je réponds à sa question posée avant ma digression.

— Un fou lui a tiré une balle dans la tête, voilà ce qui est arrivé. Vous n'avez pas lu le rapport ?

Elle est repartie en mode roquet. Elle va se calmer la veuve caniche ? Qu'elle arrête de m'arracher les poils du nez avec une pince multiple, l'agacement me gagne.

Gédéon me lance un clin d'œil, il n'attend qu'un signal pour pousser mémère dans les orties.

— Je développe ma question, deux points ouvrez les guillotines : Pour quelle raison lui a-t-on tiré une balle dans la tête ? C'est une mort moins naturelle que de se faire renverser par une automobile ou d'attraper un cancer des poumons. Les médias se ruent sur les assassinats comme des mouches sur de la viande faisandée, alors qu'en fait, en France, les armes à feu ne tuent qu'une demi-personne sur cent mille. Le saviez-vous ?

— Nous en avons récolté trois en quelques jours, précise mon collaborateur en piquant des grains de raisin dans la corbeille à fruits. Ce n'est favorable ni aux statistiques ni à notre avancement.

— Votre mari entre dans la catégorie des exceptionnels. Ce n'est pas une consolation, certes, mais ce n'est pas donné à n'importe qui.

— C'est la première fois qu'il aura été exceptionnel, répond-elle avec l'enthousiasme de celle qui visionne l'intégrale de Derrick doublé en albanais pour la trentième fois. Vingt-sept ans quatre mois et six jours de mariage, vingt-sept ans quatre mois et six jours de routine.

Extrait n° 4 : **Lorette aime les galipettes**

On filoche dans un taxi. Le chauffeur est un pète-sec nerveux avec des sourcils énormes comme une moustache et une moustache frisée comme mes poils du. Il est aussi sexy qu'une trace de pneu sur un caleçon défraichi. Il nous réceptionne d'un aimable : « J'vous préviens, j'ne vais pas en banlieue, j'ne prends pas le périph et chuis contre le GPS » qui fait naitre immédiatement un impérieux besoin de lui fracasser les vertèbres avec un parpaing.

Le taximan nous dépose sans coquetterie au pied d'un hôtel coquet où j'ai certaines habitudes coquines. Il grogne qu'« il n'accepte pas les chèques, qu'il n'a pas de monnaie et qu'il conseille fortement le pourboire ». Je prends un malin plaisir à racler mes fonds de poche pour faire l'appoint dans la gueule et lui demande sa carte de visite. C'est primordial de connaître les numéros des gens qu'on se jure de ne jamais rappeler.

La concierge de l'hôtel nous tend la clé du 24 d'un air aussi abattu que si je lui avais ordonné de boire le Lac Léman avec une paille. « Au deuxième, l'ascenseur est en panne » se contente-t-elle de dire sans lever ses yeux couleur serpillère usagée. Je ne lui réponds pas que je connais la maison, je ne voudrais pas perturber sa lecture d'un article sur *La reproduction de la bécassine des marais*.

Me voilà à pied d'œuvre pour laisser un souvenir impérissable à ma jolie veuve. En moins de temps qu'un eunuque met pour enfiler un préservatif, je la bouscule, la bascule et la désarticule pour dispenser mes hommages incandescents à la demoiselle. Le lit gémit. Lorette, aussi. Dehors, les feuilles des arbres frémissent. Lorette, aussi. Le lavabo a une fuite. Lorette, aussi. Sorry, je me mélange avec *Félicie aussi*, une chanson de Fernandel que les moins de cent ans ne peuvent pas connaître. Ce que c'est que d'être un puits de culture !

Au programme de la soirée Radada, je lui ai organisé un grand festival. En début de séance, le *Langue de Velours Blues Band* a interprété ses succès intemporels, dont le fameux *Rock around my cock*, qui a remporté soixante-neuf fois le concours de Montcuq, charmante bourgade du Lot, que Daniel Prévost fit visiter aux spectateurs de l'émission *Le Petit Rapporteur*. Les plus érudits s'en souviennent encore.

Elle se marre et s'allonge sur moi. Je pourrais continuer de lui raconter n'importe quoi, elle s'en fiche, elle n'écoute plus. Elle ondule, elle chahute, elle tortille. Elle est dessus, dessous. Elle me dorlote des bidules avec les doigts, avec les pieds et avec les doigts de pieds. Des machins introuvables dans les manuels ni sur les sites prohibés auxquels certains sont abonnés (ne niez pas, la police sait tout).

Ma performance restera dans ses anales, du moins sont-ce ses propres dires. Elle a d'ailleurs applaudi à tout rompre et réclamé plusieurs rappels que j'ai acceptés sans tergiverser.

La môme Crevette gît sur le plumard, écartelée comme une grenouille qui attend une sauce à l'ail avant de passer à la casserole.

Pas besoin de demander son degré de ravissement, il s'affiche sur son visage grand comme une pub quatre par trois pour des vacances aux Maldives. J'en connais une qui ne regrette pas le veuvage, garanti un an pièces et mains d'œuvre baladeuses.

Extrait n° 5 : **Une visite nocturne**

La vieille toupie ne me laisse pas le temps d'admirer le joujou dans le détail. Elle s'en sert comme d'un bélier qu'elle m'expédie dans la panse à vitesse grand U (c'est au-dessous de la vitesse grand V, d'accord, mais c'est rapide quand même). Le coup catapulte mon estomac contre mon foie, lequel s'entortille dans mes intestins avant de percuter mes poumons. Ça fait bing, ça fait boum, ça fait blouf ! J'ai beau être équipé d'abdos en acier inoxydable, le super mâle a super mal.

Je me plie en deux comme un roseau qui voudrait bien ne pas rompre et je m'écroule pitoyablement pour compter les poils de la moquette. Je suis un garçon bien élevé, je ne gerberai donc pas tout de suite, j'attendrai qu'on me fournisse une cuvette. Je me retourne dans l'espoir de relever ma carcasse disloquée et j'avise la vaillante équarrisseuse qui me surplombe. Elle arbore un air aussi aimable qu'une douanière qui découvre que tu portes un slip de contrefaçon. Ses pinceaux posés de chaque côté de ma carafe. Ses bras dressés tiennent la statue.

— Bouge un cil et j'aplatis ta belle petite gueule, grogne la harpie que je n'imaginais pas si mal élevée.

— Je ne bouge pas, réponds-je. Ma belle petite gueule — merci de l'avoir remarquée — doit encore peupler les fantasmes de milliers de jeunes femmes. Je ne voudrais pas qu'elles soient inconsolables si je ressemble à un crapaud qui a traversé l'autoroute les yeux bandés.

Je te retransmets le bla-bla intelligiblement, alors qu'en réalité, je bafouille, j'expectore, je crachote les mots, car je n'ai pas totalement digéré le coup de boutoir dans ma caverne à tortore. L'impressionnante viocharde stocke des réserves de carburant dans la machine à baffes. Elle avait pris lancé d'enclumes en option Bac.

— Je connais ta voix, toi ! Tu es un de mes clients ?

— Pas du tout, mais je souhaite ardemment le devenir. Prenez cinquante euros dans mon portefeuille que j'ouïsse en stéréo les secrets de mon destin pour les minutes qui viennent.

Elle tend le bras droit et actionne l'interrupteur pour mater ma tronche.

C'est à cet instant que le plus horrible de l'année se produit. Une vision d'épouvante ! Accroche-toi : l'éclairage m'offre une vue imprenable et panoramique sur son entre-cuissot. Sous sa robe, la massacreuse ne porte pas de culotte, elle est nue comme un ver à poils frisés. Pleins feux sur son fri-fri en friche, qui ressemble à un monstre extra-terrestre du genre qui violente les jeunes filles dans les séries B des années cinquante. Une ouverture béante un petit peu plus grande que le gouffre de Padirac surmonté d'une crinière cro-magnonesque. À la vue de cette erreur de la nature, je ne puis réprimer un long cri d'effroi.

— Qu'est-ce qui t'arrive ? beugle l'éléphant-woman vulvoïde.

Je lance un regard nerveux, comme si je venais d'apercevoir Brigitte Macron en train de jouer à la marelle sur le dos d'une tortue des Galapagos. Mue par un réflexe instinctif incontrôlable, elle lorgne derrière elle. La curiosité la perdra. Je profite de l'occasion pour m'accrocher au yéti qu'elle héberge entre ses jambes. J'opère une brusque traction pour me redresser, manque de bol, Anatole, la touffe de poildu me reste entre les mains. Épilation express avec douleur, ils appellent dans les cabinets d'esthétichiennes.

La vieille hurle et lâche son truc en bois d'ébène qui frôle mon doux visage à un demi-millimètre, puis s'abat sur le sol dans un bruit sourd comme un pot de chambre plein à ras bord.

— Bougre de merdouille de chiotte, brame-t-elle poliment à la lune, furibonde que la sienne soit désormais dépourvue de fourrure.

Je ne perds pas de temps de reluquer sa radaboumette démoustachée. Je me lève et me glisse expresso derrière son dos et lui offre une clé de douze à mimolette autour de la carotide.

La Reine fatale épilée vocifère comme une truie égorgée avec une lime à ongles rouillée. Préviens L214, je mijote de la maltraitance animalière dans l'abattoir. Elle secoue, elle cahote, elle se débat, elle s'agite pour se décoller la pulpe.

— Bouge un cil et j'écrase ta sale grande gueule, reprends-je presque mot pour mot ses propres paroles d'il n'y a pas cinq minutes.

Tu crois qu'elle se laisserait abattre la queen qui couine ? Mes roustons, oui ! Elle continue le tourbillon, elle rue, elle renaude, elle tsunamise !

J'en ai connu des coriaces, elle, c'est la chef d'équipe. J'attrape ses oreilles éléphantesques, je tire sa trogne en arrière et lui balance un coup de rotule dans le fessier. Ça rebondit, une à droite, une à gauche. Le choc propulse ses nibards sur ses narines qui lui coupent la respiration. Le temps qu'elle comprenne ce qui lui arrive, je lui offre une collision coude carotide du plus bel effet. Elle expectore un glaviot d'un demi-litre, tente de reprendre un peu de souffle en grognant un borborygme que je traduis par « *Toi mon connard, ta dernière heure a sonné !* ». Elle a de l'espoir, belle Hélène.

Je profite de son instant d'abrutissement pour la coincer dans le canapé, je relâche ses bras et lui passe les pinces en plus à la place.

J'envisage de conclure par un pain de quatre livres sans gluten dans son groin. Par délicatesse, je m'abstiens. Je me contente de m'installer à califourchon sur une chaise face à elle.

— Comment va, miss immonde ? je demande avec des trémolos exaspérants dans la voix.

Elle la joue mutique, la bique, c'est logique.

— Qu'est-ce que vous voulez ? siffle la vipère.

- Pourquoi un sérial killer met-il 20 000 €
dans les poches de ses victimes ?

**- Un vendeur en quincaillerie
peut-il écrire des romans cochons ?**

Est-ce possible d'échapper à la mort
en se cognant un doigt de pied ?

Comment interroger cinquante mille suspects ?

Un commissaire peut-il fracasser les vertèbres d'un
chauffeur de taxi avec un parpaing ?

**VOUS AUREZ LES RÉPONSES À CES QUESTIONS
SI VOUS LISEZ MON ROMAN !**

CE QU'EN PENSENT LECTRICES ET LECTEURS, CHRONIQUEUSES ET CHRONIQUEURS

▶ *Le gros point fort de ce livre, c'est le style d'écriture, absolument génial ! Du grand art ! L'intrigue aussi est efficace, et la fin assez surprenante et originale.* **Serial lecteur**

▶ *J'ai passé un excellent moment, je me suis moi-même surprise à rire aux larmes. J'attends la suite avec impatience !* **Partir lire un livre**

▶ *À tous les amateurs de polar qui n'aiment pas les scènes trop sanglantes, ce livre est fait pour vous !* **Sang d'encre**

▶ *Son intrigue est rigoureusement construite. Le style est assez pittoresque et imagé vous entraînera sans problème jusqu'au mot fin.* **Régis Tygat**

▶ *Je n'ai pas aimé ce style de lecture...je l'ai adoré ! Je me suis pris de bons fous rires à plusieurs reprises.* **Delphine se livre**

▶ *J'espère que cet auteur va rééditer son forfait car il a vraiment une plume 100% détente et cerise sur le gâteau remplie de talent.* **Betty Boop**

▶ *L'enquête se tient, elle a tout pour attiser la curiosité et titiller nos petites cellules grises.* **Co et ses livres**

▶ *La plume de l'auteur est déjantée, sans chichi mais cohérente dans son délire. Un livre qui se lit d'une traite.* **Nath-a-Lu**

▶ *L'écriture est fluide, les chapitres courts, l'intrigue est bien ficelée. J'ai passé un très bon moment avec ce roman !* **QL Books**

▶ *Les dialogues m'ont fait penser au théâtre et j'ai beaucoup ri ce qui m'arrive rarement avec un livre.* **Les Lectures d'Aurélia**

▶ *Si le terme Cosy Mystery est à la mode en ce moment, je dirais que Goupil a inventé à lui seul le terme Burlesque Mystery.* **Books on the radio**

▶ *J'ai ri, j'ai ri, j'ai ri ! Monsieur Goupil, s'il vous plait, vous pouvez en écrire un autre ?* **Catherine Dubald**

▶ *L'auteur joue avec les mots avec brio et j'ai beaucoup ri. Sa plume brillante et musicale est un pur régal.* **Valérie Chopin**

▶ *Les dialogues sont piquants, acérés, c'est juste une tuerie.* **Sonia Robinard**

▶ *Ce ne sont pas les éclats de balles mais les éclats de rire qui charcutent notre ravissement.* **Zazack**

▶ *Surtout j'ai bien rigolé. Les chapitres sont courts et les pages se tournent sans qu'on se rende compte que c'est déjà fini.* **Anne-Lise Crouvezier**

► *Excellent moment où je me suis plongée dans votre univers délirant, si altruiste et optimiste.* **Carine Bourgogne**

► *Outre le pitch accrocheur et l'histoire de base, on navigue entre humour et jeux de mots bien sentis et on suit avec plaisir les deux enquêteurs.* **Stef R**

► *J'ai adoré, et je conseille à tous les grincheux et autres mous du bide, de lire ce roman.* **Patrick Hermandesse**

► *Plongez-vous dans ce polar incroyablement burlesque. C'est très drôle. Un peu polisson, mais drôle !* **Séverine Capaldi**

► *J'ai adoré la manière dont l'auteur joue avec la langue française et les mots, on avance dans l'enquête totalement en immersion puisque ce cher Stan ne cesse de s'adresser à nous, les lecteurs.* **Krokette**

► *Si vous aimez le sordide, le macabre... le saignant, ici, à part l'entrecôte du restaurant préféré du commissaire Stanislas Goupil, vous n'en trouverez pas.* **Isabelle M Day**

► *Une thématique très bien ficelée, une lecture fluide, des chapitres courts, une lecture addictive. N'oubliez pas les kleenex, j'ai pleuré de rire.* **Yaël Le Bras**

► *Pour qui souhaite se détendre et oublier les tracas du quotidien, c'est idéal.* **Cy luhd**

► *Des personnages attachants, une histoire qui tient en haleine jusqu'à la dernière ligne. Une pointe de tendresse ajoutée à l'humour, tous les éléments sont là pour passer un très bon moment.* **Isabelle**

► *On sourit, on se marre franchement même, on en redemande et ça fait trop de bien...* **Marianne Haelewyn**

► *Un feu d'artifice d'humour : jeux de mots et clins d'œil alimentent un échange permanent entre le héros et le lecteur.* **Client d'Amazon**

► *On rit, on sourit, on s'amuse à frissonner pour ce voyage hors du temps, dans ce polar qui nous rend joyeux.* **Rêveuse**

► *On est vraiment sur un polar feel good où il faut juste se laisser mener et ne pas chercher les détails... seulement être ouvert à la vanne, la dérision et les jeux de mots.* **Tytya aime lire**

► *Deux personnages truculents qui profitent de la vie, des bons plats et des petits et grands plaisirs de la vie.* **Aurore au Pays des livres**

► *On se délecte à chaque phrase d'une langue imagée et imaginative, de digressions humoristiques qui interpellent le lecteur, d'expressions réinventées, etc* **Yann Malaud**
À suivre...

Sacrés mercis !

Pour publier ce livre, j'ai eu la chance et le plaisir d'être accompagné par une sacrée bande de joyeux drilles.
Ils m'ont conseillé, relu, critiqué, afin que ce bouquin soit sacrément chouette pour mes sacrément chouettes lecteurs.

Je remercie donc infiniment :

JACK DOMON,
sacré grand gribouilleur en chef de la couverture.
https://www.instagram.com/jackdomon/

La bande de sacrées mémés et de sacrés pépés qui n'hésite pas à me chahuter si quelque chose ne leur plait pas :
ÉMELINE B., ERWAN SOULAS, MICHEL GRANGE, MIMA, STEF RUSSEIL, STÉPHANIE POMEAU, THIERRY LESOURD, VINCENT BETTON.

Les sacrées vérificatrices de grammaire
et les sacrés inspecteurs d'orthographe
sans qui ce boukain sorait komplaiteuman yllizibble :
ISABELLE FLORENT, MARC ADATO, TONTON GILLES, ZAZACK, CHRISTELLE LE BOULANGER *in extremis*,
et **SOPHIE DUJARDIN** qui a trouvé de nouvelles fautes.

Un grandiose bouquet de mercis
aux centaines de milliers de personnes qui ont lu mon livre.
(j'exagère un petit peu, mais dans quelques mois, ce sera vrai !)

Et tout plein de mercis aux sacrées chroniqueuses littéraires et au chroniqueur, qui me font l'honneur de participer et me soutenir. Suivez leurs pages pour découvrir de nouvelles idées de passionnantes lectures.

AUDREY JAUSSELME : *Partir lire un livre.*
www.instagram.com/partir_lire_un_livre

AURÉLIA BOUCLET : *Les lectures d'Aurélia.*
www.facebook.com/LectriceForEver

AURORE FAUGERON : *Aurore au pays des livres.*
www.facebook.com/Auroreaupaysdeslivres

CORINNE BERTRAND : *Co et ses livres.*
www.facebook.com/coetseslivres

DELPHINE CHAIGNON : *Delphine se livre.*
https://www.instagram.com/delph.se.livre/

EMMA LAUVERGNAT : *Krokette.*
https://www.instagram.com/krokette/

JILL VALENTINE : *Sang d'encre.*
https://www.instagram.com/_sangdencre/

LAETITIA GOBIN : *Tytya aime lire.*
https://www.instagram.com/tytyaimelire/

LOLITA DUBUISSON : *QL Livres.*
www.instagram.com/ql_livres/

NATHALIE MILLET : *Nath-a-lu.*
https://www.instagram.com/nath_a_lu/

RAPHAËL BRIGAND : *Serial Lecteur.*
https://www.instagram.com/_serial_lecteur_/

SONIA ROBINARD : *Sonia bêta lectrice.*
https://www.instagram.com/sonia_beta_lectrice/

SYLVIE KOWALSKI : *Les plumes noires.*
www.facebook.com/groups/735203846591367

VALÉRIE CHOPIN : *Valérie Chopin 13.*
https://www.instagram.com/valeriechopin13/

Du même auteur :

ED. VENTS D'OUEST
L'épée de Cristal, dessins Crisse,
Les Guides en BD, divers dess.
Nelson et Trafalgar, dess. Prugne
Lorette et Harpye, dess. Crisse,
Rilax, dess. Bazire
Les Guides junior, avec Douyé, divers dess.
Docteur Big Love, avec Douyé, dess. Gizmo
Astrorire, Vents d'Ouest
Cadorire, Vents d'Ouest
Marilyn je t'aime, Vents d'Ouest
La pub enlève le bas, Vents d'Ouest
L'Art de la photo de charme, Vents d'Ouest
ED. SCIENCES & VIE DÉCOUVERTES
Malice et Azimuth, avec Douyé, dess. Larme
ED. CASTERMAN
Les Zinzinventeurs, avec Douyé, dess. Madaule, Casterman
Pour la vie, dess. Stassi
Collection Tralalère
Collection Où est caché ?
ED. JUNGLE
Girlz, dess. Dentiblu
J'ai un ado à la maison, dess. Fabio
Couscous aux lardons, avec Farid Omri

ED. SEDLI
Le livre d'or Franquin, Sedli
ED. ROMBALDI
Les chefs d'œuvres de la BD érotique, Rombaldi
ED. VIDÉOME
Et la BD créa la femme, Vidéome
AUTO-ÉDITION
1000 bisous pour toi, Goupil

PIÈCES DE THÉÂTRE
À visiter d'urgence
Alerte à la blonde (avec Éric Beauvillain)
Cas de farce majeure
De l'une à l'autre
Et Dieu créa les fans
Fais pas ta cocotte ! (avec Stef Russeil)
Gare au Gorille !
J'attends un enfant... ma femme aussi !
Juliettes et Roméos
Les quatre vérités
Les sous de Bruxelles
Panique au décollage (avec Éric Beauvillain)
Pochettes surprises
Un très joyeux anniversaire

www.ingramcontent.com/pod-product-compliance
Lightning Source LLC
LaVergne TN
LVHW091726190726
843493LV00001B/475